Dos au mur

Au diable vauvert

Nicolas Rey

Dos au mur

Du même auteur au Diable vauvert

MÉMOIRE COURTE, roman, 2000, *J'ai lu*, 2004
TREIZE MINUTES, roman, 2003, *J'ai lu*, 2005
UN DÉBUT PROMETTEUR, roman, 2003, *J'ai lu*, 2005
COURIR À TRENTE ANS, roman, 2004, *J'ai lu*, 2006
UN LÉGER PASSAGE À VIDE, roman, 2010, *J'ai lu*, 2011
L'AMOUR EST DÉCLARÉ, roman, 2012, *J'ai lu*, 2014
LA BEAUTÉ DU GESTE, chroniques, 2013
LA FEMME DE RIO, scénario, 2014
LES ENFANTS QUI MENTENT N'IRONT PAS AU PARADIS, roman, 2016

ISBN : 979-10-307-0175-3

Au diable vauvert
La Laune 30600 Vauvert

www.audiable.com
contact@audiable.com

À Bruno

Chapitre 1

J'écris parce que je vais crever. Dans quelques mois, dans quelques semaines, je vais crever. Cela faisait plusieurs années que je n'avais pas fait d'analyse de sang. Je me suis rendu au laboratoire la semaine dernière sur les conseils de mon généraliste. Il m'a téléphoné lundi à 8 h 30 :

« Il faut passer me voir, monsieur Rey. Il faut passer dès que possible.

— Hey, doc. Vous avez perdu votre incontournable sens de l'humour.

— Vous êtes mourant, abruti.

— O.K. J'arrive. »

La salle d'attente est pleine. J'aimerais avoir tous les maux de la terre, sauf celui qui m'attend. Le docteur Flaire sort de son cabinet. Il me chope la main, me la serre rapidement et se place à côté de moi avec mes analyses entre ses doigts. Il m'explique que mon taux de triglycérides est de 07 alors qu'il doit être inférieur à 02. Quoi faire ? je demande.

« Arrêter le sucre, les graisses et filer à l'hôpital pour voir l'état de votre pancréas. Au fait, vous avez arrêté la cocaïne ?

— J'en consomme peu.

— C'est déjà trop. Et par le passé, vous en preniez beaucoup ?

— Disons que j'étais assez fidèle à ce produit. Quel est le problème ?

— Le pancréas et la cocaïne font très mauvais ménage. Et le pancréas n'a pas la mémoire courte. J'ai bien peur que vous veniez de prendre le fiacre et qu'il faille payer le cocher, monsieur Rey. »

À l'hôpital, le médecin observe ma radio d'un sale œil :

« Et pourquoi n'être pas venu plus tôt ?

— Mes dernières analyses datent de l'an 40.

— Vous avez une pancréatite aiguë.

— Ce qui signifie ?

— Que vous devez toujours vous trouver à moins de quinze minutes d'un hôpital.

— Comment je vais pouvoir m'en rendre compte, quels sont les symptômes ?

— Simple. Une douleur à l'abdomen à vous faire crever.

— Et une fois à l'hôpital ?

— Simple aussi. Vous avez une chance sur deux. »

En fait, la vie est un truc hyper simple où l'on a toujours une chance sur deux.

Chapitre 2

Mon fils s'appelle Hippolyte et je n'ose plus le regarder dans les yeux. Qu'est-ce que je pourrais bien lui dire : Ton père est un drogué ? Ton père est incapable de payer une pension alimentaire ? Ton père n'arrive plus à écrire ? Ton père est un tricheur, un menteur, un voleur, un pauvre type ?

Depuis plusieurs années, le 25 décembre au matin, il n'y a plus le cadeau de papa sous le sapin de Noël. Tu viens de fêter tes douze ans. Ta mère t'a offert un iPhone 6 et moi je t'ai invité au cinéma voir un film que tu avais déjà vu. Une comédie musicale qui se termine mal. À la fin, les deux amoureux se séparent. « Je supporte pas la fin de ce film », tu m'as dit, en sortant du cinéma. Et je me suis demandé à quel âge les convictions de ta petite carcasse allaient bien vouloir se fendiller une fois pour toutes.

J'ai un souvenir bien précis du jour où tu as tué le père. C'est après le troisième conseil de classe de ta sixième. Tu étais délégué. Quelques jours plus tôt, tu m'avais convié au concert de la fête de la musique du collège et je m'étais lamentablement endormi lors du chant final. Pendant le conseil de classe, quand ton tour est venu, tout le monde voulait t'accorder les félicitations, mais le professeur de musique est intervenu : « Je suis pas d'accord. Son père s'est endormi pendant notre représentation. Hippolyte doit faire partie de ces enfants qui considèrent que la musique est une matière en dessous des autres. » Tu as déboulé chez moi en début de soirée, tu as jeté ton cartable dans le couloir et tu m'as tabassé de toutes tes forces alors que j'étais allongé dans le canapé du salon. Tu as terminé avec les poings en sang, mon pauvre garçon.

En vérité, mon fils chéri, celui qui n'aime pas qu'on l'embrasse sur la joue, celui qui n'aime pas qu'on lui respire les cheveux, j'écris ce livre pour dévoiler un secret spécial, une faute ultime, un péché bien plus grand que tous les autres.

Chapitre 3

Lettre de mon père à mon ex-femme :

« Marion, je ne vais certainement pas entrer dans le jeu de ce qui a été dit, pensé et revivre ces malheureux échanges. Je ne vais pas te donner de leçon, mais je ne suis pas prêt à en recevoir non plus. Aucun avantage à vieillir, c'est même un naufrage disait le Général, sauf que les vieux ont fait leurs preuves et que les jeunes y travaillent. Élever des enfants est sûrement le job le plus difficile d'une vie, il n'y a pas d'école, de méthode, de livre.

Constater que son enfant ne va pas bien est douloureux, mais ce n'est pas une honte, même si « certains » pensent que les parents sont responsables. Alors oui, ils le sont toujours, toute la vie. On oblige les gens à passer des permis de conduire, de chasse, mais pas pour faire des enfants. Si ce permis avait existé, je ne suis pas sûr que mes enfants seraient là, mais je suis certain qu'Hippolyte ne serait pas né! Dans un sens, quel dommage!

Tu revendiques d'être une bonne mère, tu as raison, c'est vrai, sans toi, Hippolyte ne serait pas la merveille qu'il est devenu, sans ton éducation, ton fils serait un petit garçon nettement moins bien, il n'aurait pas toutes ces qualités qui lui donnent ce charme fou.

Des grands-parents qui ne pensent qu'à le gâter, un père qu'à le distraire. Même à l'époque de la garde alternée, c'est toi qui l'élevais dans tout le sens du terme. Et tu as le droit d'être fière du résultat. Mais nous avons toujours été là, prêts à intervenir à la moindre demande. Compenser les erreurs de notre fils, et t'aider dans la garde d'Hippolyte.

Je n'ai pas été un bon papa. Je bossais douze à quinze heures par jour, je n'ai pas vu mes enfants grandir. Ce que je possède, je l'ai gagné : je n'ai pas eu d'héritage pour acheter ma maison, mais j'ai pu donner à ma famille le nécessaire.

Je suis fier de mes enfants, de ce qu'ils sont : Émilie est une fille formidable qui n'a jamais eu dans sa vie un mot méchant, un jugement négatif, qui se précipite éternellement pour aider les autres, même si les autres sont parfois injustes avec elle. Je suis fier d'avoir une telle fille.

Nicolas fait son chemin avec son réel talent. Quand il est tombé, il s'est toujours relevé. Lui aussi avait un charme fou à dix ans, et pendant plus de trente ans ; puis, il y a douze ans, il a plongé, et personne n'a bougé autour de lui ; on ne voulait pas voir, car c'était visible, nous avons tous « laissé faire ».

Pourtant, on savait : tu as eu la douleur de connaître une vie où l'alcool perturbe un couple et moi j'ai enterré ma petite sœur, morte de la drogue à vingt-deux ans.

C'est seulement en janvier dernier qu'il a été soigné pour la première fois, pas uniquement sevré, mais soigné. L'aide de Joséphine, sa nouvelle amie, fut providentielle. Nous, les proches, nous étions inutiles.

Ses addictions lui ont coûté assez : son couple, la garde alternée, ses hanches, sa santé, son travail, son interdiction bancaire et maintenant son toit.

On a le droit de penser que c'est la faute de ses parents, je le pense aussi, car je ne trouve pas une autre explication.

Hippolyte n'a jamais été en danger chez son père, et quand je n'en étais pas certain, je dormais près de lui.

Ma femme est quelqu'un de bien. C'est la femme de ma vie, et tant que je tiendrai debout personne ne pourra lui manquer de respect, sans provoquer de mauvaise réaction de ma part.

Être la maman d'Hippolyte te donne bien des droits à mes yeux, sauf celui-là. Les affaires de fric avec Nicolas sont à régler avec lui, quand il le pourra ; il ne rembourse plus ses crédits, ses impôts, mais les dépenses liées à Hippolyte doivent être partagées immédiatement. Tu peux m'envoyer les sommes de la cantine, guitare, tennis, et tout le reste.

Je trouve que, depuis votre séparation, Hippolyte est resté en dehors de vos problèmes et votre intelligence est à remercier, je pense même qu'il vit dans un bon équilibre. Ce gosse semble être bien dans sa peau. Un jour viendra où il fera le bilan selon sa propre analyse, mais avec la vie qu'il a je pense qu'il aura le souvenir d'une enfance heureuse.

Cet enfant est aussi une véritable éponge, et tous les moments de sa vie sont enregistrés et lui serviront à se forger sa propre opinion. Pour moi, l'important est Hippolyte. Il faut nous aider à ne pas faire d'erreur avec lui, c'est la seule mission qu'il me reste. Je te remercie à l'avenir de bien vouloir nous respecter pour ce que nous sommes. »

André.

Chapitre 4

La mère de mon fils a attendu onze ans avant de me demander une pension alimentaire. Certains pourraient dire qu'elle a fait preuve d'un certain fair-play sur ce coup-là. Le problème demeure que tous les ouragans du monde me sont tombés dessus au même moment. Au tribunal, Marion est maquillée et belle comme jamais. Son avocate me fait l'effet d'une pomme pourrie que j'aurais bien vue faire la manche au coin d'une rue. Nous pénétrons dans le bureau de la juge. Cette dernière s'étonne :

« Monsieur, vous n'avez pas d'avocat ?

— Non, madame. Je n'en ai pas les moyens »

La juge se tourne vers l'avocate :

« Très bien, madame. Je vous écoute.

— Vous me voyez désolée, madame le juge, d'avoir à jouer le rôle de la méchante, mais ma cliente demande cinq cents euros de pension alimentaire et sept mille euros de frais rétroactifs.

— Monsieur, c'est à vous, je vous écoute.

— Mon père, qui est mon comptable, mon aide de camp, mon ange gardien, m'a juste conseillé de vous dire que mes frais sont supérieurs à mes dettes et que, par conséquent, je ne peux pas faire grand-chose pour cette pension, ni pour les frais rétroactifs.

— Très bien. Vous aurez la réponse dans un mois et, monsieur, dites à votre père qu'il aurait fait un très mauvais avocat.

— Oui, mais c'est un très bon père.

— Alors, tant mieux. Au revoir, messieurs dames. »

Chapitre 5

Mon seul moment de repos, de vie sur terre, c'est lorsque je suis avec Joséphine. Lorsqu'elle m'invite à dîner chez elle et qu'elle s'extasie parce que je lui offre un bouquet de roses blanches à trente euros. L'angoisse, c'est lorsque nous allons au cinéma. Bien sûr, je paye les places. Mais comme je n'ai plus de carte bleue, je dois faire avec les cinquante euros que mon père me file à chaque début de semaine. Ensuite, j'ai beaucoup de chance, parce que Joséphine adore les pizzas. Et rien n'est meilleur marché qu'une pizza. Nous en commandons deux, un Coca light pour moi et un verre de vin pour Joséphine. Ensuite, j'angoisse. Si Joséphine prend un dessert, je suis grillé. Heureusement, elle n'en prend jamais et je peux aller payer le repas à la caisse, la conscience tranquille. Joséphine ne sait pas que je suis ruiné, j'ai été discret sur ce point, comme sur tant d'autres.

C'est pourquoi je tenais à remercier toutes les pizzas du monde d'être si bon marché et de pouvoir offrir des festins aux pauvres types qui, sinon, n'auraient pas de quoi offrir le restaurant à leur douce. Merci à vous, la Regina, la Reine, la Margarita et la Calzone. Il faut que je vous parle de Joséphine puisqu'elle incarne le point central de toute ma nouvelle existence. Je suis tombé amoureux d'elle dès la première seconde où je l'ai rencontrée. Cela fait cinq années, bientôt. Nous sommes très différents. Joséphine culpabilise souvent, elle fait du yoga, elle aime les plantes et les tissus. Avec elle, j'ai découvert la marche à pied, les tisanes au gingembre et les salades de fruits rouges. Avec elle, je la regarde et je ne veux plus mourir.

Lorsque je la caresse et qu'elle est sur le bord de jouir, elle me dit de continuer et je continue malgré mes crampes aux doigts et la sueur qui me pique les yeux, et quand elle explose je poursuis au même rythme, pour qu'elle jouisse encore plus longtemps et même le plus longtemps possible et elle perd la tête et je perds la tête avec elle, et à cet instant précis, oui, je dis bien à cet instant précis, j'ai même l'impression que Dieu existe.

Chapitre 6

On va arrêter d'éviter le sujet principal de ce livre. On va mettre les mains dans le cambouis une fois pour toutes. Le crime commence par une bonne nouvelle. Les éditions de La Férinière me proposent la rédaction d'un recueil de nouvelles. Je rencontre Andréa Martin dans son bureau. C'est une femme menue, aux cheveux courts et blancs et à la poignée de main virile. Le seul problème, que je me garde bien de lui dire, c'est que je suis un écrivain qui n'arrive plus à écrire. Plus une seule ligne. Rien. Le vide intersidéral. Pendant les premiers mois, je trafique quelques extraits de mes anciens bouquins et je leur envoie comme étant des nouvelles tombées du ciel. Hélas, une stagiaire, dingue de mes livres, découvre le pot aux roses. Premier rappel à l'ordre. Et c'est Joséphine qui va me sauver sans le savoir. Je décide d'écrire chaque nouvelle comme une déclaration d'amour différente pour elle et je trouve une nouvelle source d'écriture. Mais cette écriture est lente, délicate et difficile.

Du côté de la maison d'édition, le temps presse. Le livre doit faire deux cents pages. Il manque dix pour cent du recueil. L'étau se resserre. Nous sommes mardi. Je dois rendre vingt pages pour le mercredi matin. Vingt pages en une seule nuit. En début de soirée, un coup de fil de Félix Ponte, journaliste aux *Inrockuptibles* avec lequel j'ai passé quelques bonnes soirées. Je décroche :

« Nicolas, comment vas-tu ?

— Mal. Je dois pondre vingt pages pour demain matin.

— Pour quel journal ?

— Pour un livre.

— Ah, si c'est un roman, je ne peux pas t'aider.

— C'est un recueil de nouvelles.

— …

— Félix ?

— J'ai pas mal de trucs dans mon ordinateur qui pourraient faire l'affaire. Tu veux que je passe ?

— Pourquoi pas. »

Félix a mis une heure à arriver. Son dealer est arrivé bien avant, parce que Félix lui devait deux cents euros et que je devais payer. J'ai acheté trois grammes supplémentaires. Je me suis douté que la soirée allait être particulièrement longue. En revanche, je ne me doutais pas que cette nuit-là allait m'emmener vers la nuit la plus affreuse de toute mon existence.

Chapitre 7

Mon père m'a dit : « On n'a plus le choix, Nicolas : il faut vendre ton appartement. » Étrangement, c'est d'abord pour lui que j'ai eu de la peine. Mon père, il avait mis trois mois à retaper intégralement ce trois-pièces. Je n'avais rien le droit de voir pendant les travaux. Je l'ai retrouvé dans le bistrot d'en face, une fois tout terminé. Il était rincé. Il buvait une bière. Il m'a filé les clés. Il m'a dit : « Maintenant, c'est à toi ». Il avait fait un boulot formidable. Je l'ai à peine remercié. J'ai toujours été très dur avec lui. Par exemple, je lui ai envoyé des parpaings dans chacun de mes livres. Il les a tous achetés. Il les a tous lus. Il a toujours voulu une dédicace. En vingt ans, il m'a juste fait une seule réflexion sur mes bouquins. Au début. Un soir, nous étions tous les deux devant la cheminée et il a m'a juste dit : « Je ne savais pas que tu étais aussi triste. »

Mon père, il a travaillé comme un chien toute sa vie pour me voir lui dilapider sa petite retraite. Mon père, il gueule tout le temps, mais il gueule du cœur alors tout est différent. Mon père, il a toujours envie de frapper tout le monde parce que le sien ne l'a jamais pris dans ses bras. Mon père, il donnerait sa vie pour que son petit-fils ne chope pas de bronchite. Mon père, il ne fait jamais les choses à moitié. Il est capable de tirer sur un chien avec une kalachnikov, si ce dernier s'avance vers son chat.

Un jour, il prenait son bain et je me suis fracassé la tête contre un radiateur de la maison. Il m'a entendu hurler et il a débarqué sur-le-champ.

Devant mon crâne en sang, il m'a pris dans ses bras, il a attrapé ses clés de voiture, puis m'a déposé à la place du passager. Il a démarré totalement nu. Il s'est arrêté en dérapage contrôlé devant le médecin généraliste. Il m'a porté jusqu'à la salle d'attente. Mais les quelques personnes déjà présentes l'ont indisposé. Il est rentré dans le cabinet du docteur Christian Cavignan, qui auscultait le vagin d'une jeune fille. Il m'a posé sur un fauteuil, en hurlant :

« Christian, il va mourir, tu dois le recoudre, immédiatement !

— Belle bite », a remarqué le docteur Cavignan.

Chapitre 8

Félix est arrivé vers deux heures du matin. Il a tapé directement une grande ligne dans le premier gramme. Il a ouvert son ordinateur. Nous avons commencé à chercher ce qui pouvait « faire l'affaire ». Il y avait une nouvelle pas mal sur les avions, mais elle ne faisait qu'une seule page. Il y en avait une autre aussi sur un jeune adolescent qui regardait en été sa famille faire la sieste. Même problème. Une seule page aussi. Alors j'ai choisi un texte de dix-huit pages qui n'avait rien à voir avec mon style, mon énergie. L'histoire d'un vieux couple qui se déteste. Cela va changer du reste, j'ai pensé.

Il m'a juré que cela ne le dérangeait pas. Il m'a promis que ça lui faisait plaisir. Il était cinq heures du matin. J'avais atteint le nombre de pages. Et le diable venait de pénétrer dans mon recueil de nouvelles. J'ai eu Guido, mon entremetteur, au téléphone dans la matinée :

« Mon skieur fou ! Je te félicite ! J'étais sûr que tu allais réussir ! Et cette ultime nouvelle ! Tu mériterais le Nobel pour avoir écrit un truc pareil.

— Tu as remarqué le changement de style ?

— Évidemment, tu m'as scié sur ce coup-là ! »

Ce qui me déchire le ventre, c'est quand Joséphine et ma sœur vont lire ces quelques lignes. Pour tout l'or du monde, je ne voudrais pas qu'elles sachent.

À présent, le mot « plagiaire » est inscrit au fer rouge sur mon visage. En avouant cela, je sème le doute sur toute mon œuvre, que j'ai écrite avec ma chair et mon sang. Que te dire, Joséphine ? Un jour, je te décevrai et ce jour-là, j'aurai besoin de toi. Et puis surtout, sache qu'il n'y a rien de pire au monde pour un écrivain que le manque d'inspiration entre deux livres ou deux nouvelles. Voilà. À présent, vous savez tout. À présent, l'enfer peut commencer.

Chapitre 9

L'heure est venue d'évoquer Patricia Clash. Quinze ans d'amitié avec Miss Clash. Quinze années à vivre le meilleur comme le pire et le pire comme le meilleur. Avec elle, nous avons connu les succès comme les licenciements. Les coups de foudre comme les chagrins d'amour. Patricia importe dans ma vie bien plus qu'elle ne l'imagine. Patricia a une amie. Cette amie s'appelle Capucine. Patricia et Capucine ont de la tendresse pour Félix Ponte. Nous sommes en février. Je suis à la montagne. Je reçois un SMS de Capucine : « Nicolas, en fait, Félix préfère garder ses textes pour lui. Si tu les publies, il faudra le rémunérer, car tout travail mérite salaire. Félix souhaite me laisser la main pour dialoguer avec toi. À bientôt. »

J'ai la tête en feu et la nuque glacée. J'appelle immédiatement mon éditrice, Marie L. :

« Oui, Nicolas ?

— Marie, je voulais savoir, le livre, il est encore possible de supprimer quelques pages ?

— Impossible, il est parti à l'édition. Tu vas voir, il va être magnifique.

— Je n'en doute pas. »

Je dirais même que ce livre a tous les atouts pour être d'une beauté explosive.

Voilà sans doute l'une de mes plus grandes douleurs. Cette connerie a flingué mon amitié avec Patricia Clash. J'ai appris qu'à la sortie du livre elle a appelé toutes les rédactions parisiennes pour dénoncer le « scandale ». Patricia, j'aurais donné ma vie pour elle et elle aurait donné sa vie pour moi. Combien de fois j'ai débarqué chez elle avec l'envie de me tirer une balle dans la bouche et combien de fois elle a trouvé les mots pour que je tienne un jour de plus ? À combien de reprises j'ai pris soin de son petit cœur brisé en essayant de trouver des arguments pour qu'elle aille un peu moins mal ?

Patricia, parfois, il m'arrive de passer devant chez toi. Et j'ai envie de composer ton digicode.

Et j'ai envie que tu m'ouvres et que tu me prennes dans tes bras, comme avant.

Chapitre 10

Jean est mon camarade ultime, mon ami spécial, mon frère unique. Il vit à Montpellier. Il a cinquante ans, il fait de la moto, il est conseiller financier dans une grande maison d'édition. Il ne me juge jamais. Il a déjà essuyé deux divorces, mais il croit en l'amour avec un cœur de gosse. Il possède une baraque en bord de mer. C'est là-bas que je me réfugie lorsqu'à Paris la tempête est trop forte. Et Dieu sait que, pour moi, le vent souffle fort en ce moment sur la capitale. Mon livre vient de sortir. À chaque fois que je tape mon nom sur Google, j'ai peur qu'on annonce : « Nicolas Rey, le copieur ».

Je raconte, évidemment, mon histoire à Jean. Il me conseille de trouver un avocat. Il en connaît un qui pourrait faire l'affaire. Il me file son portable :

« Allô ?

— Frank Alpito ?

— C'est moi-même.

— Je suis Nicolas Rey. Je suis écrivain. Je vous appelle pour une histoire de plagiat.

— Ah, on vous a plagié ?

— Non. J'aurais bien aimé, mais non.

— …

— C'est l'inverse. J'ai plagié quelqu'un.

— Un livre ?

— Non. Des textes sur un ordinateur.

— Combien de pages ?

— Vingt. Au début, l'auteur était d'accord.

— Et ensuite ?

— Ensuite, il a changé d'avis. Il a même pris un avocat.

— Zut. Écoutez, envoyez-moi le numéro de son avocat. En ce qui me concerne, j'ai une course de circuit automobile qui m'attend. Je vous appelle demain dans la matinée, mais ne vous inquiétez pas, j'ai déjà défendu bien plus malhonnête que vous, O.K. ?

— D'accord. Soyez prudent sur la route quand même, maître. »

Chapitre 11

Je suis toujours chez Jean. Une douleur à l'abdomen inouïe me réveille en pleine nuit. J'appelle Jean. Il m'habille. Je lui ai expliqué quoi faire. Je monte à l'arrière de sa moto et nous fonçons vers l'hôpital. Il débarque en me portant au service des urgences. Il hurle : « Pancréatite aiguë ! Pancréatite aiguë ! ». Tout le monde se pousse. Il vient de dire le mot magique. On m'installe dans une pièce où deux médecins me calent des perfusions d'antibiotique et d'anti-inflammatoire.

Je sors à l'aube de l'hôpital. Jean flirte avec une infirmière en m'attendant. Il serait bien resté un peu plus longtemps, mais c'est ainsi. Au matin, je suis incapable de me recoucher. J'avais une chance sur deux. Je commence à réaliser ce que cela donne vraiment, « une chance sur deux. » C'est peu. C'est mince. C'est très injuste, en fait.

Je suis sur la terrasse de Jean, face à la mer. J'ai envie d'appeler Joséphine, d'entendre sa voix, oui, surtout ça, entendre sa voix alors que j'ai failli ne plus jamais l'entendre. La voix de Joséphine, c'est un truc pas possible. Un son aussi doux que généreux :

« Bonjour, Nicolas.

— Salut, douce enfant.

— Tu vas bien ?

— Je vais bien. Je vais même très bien. Je vais tout court en fait et ça, c'est formidable.

— Qu'est-ce qui est formidable, mon Nicolas ?

— D'être en vie, ma Joséphine. Que tu sois en vie. Que l'on soit vivants l'un et l'autre, que nous nous soyons rencontrés et que nous nous aimions tant bien que mal. L'existence est si fragile. Parfois, on n'imagine même pas.

— Je te trouve bien philosophe pour un lundi matin.

— Je ne savais même pas qu'on était lundi. Tu sais quoi, Joséphine, c'est une très belle semaine qui commence. »

Chapitre 12

Lorsque j'avais douze ans, je menaçais ma petite sœur de me trancher la gorge si elle ne me filait pas toutes les économies, qu'elle avait cachées dans son canard en peluche. Je faisais une grande mise en scène avec un long couteau que je me plaçais sous la glotte. Émilie, la pauvre petite, paniquait complètement. Il me fallait cet argent pour acheter des écharpes Benetton à mes amoureuses. Ma petite sœur, c'est un cœur d'élite. Elle est enseignante et traductrice. Elle gagne un peu d'argent et tout l'argent qu'elle gagne, elle l'offre aux autres.

Elle s'occupe de mon enfant comme si c'était son propre fils. Elle l'aime comme si c'était la chair de sa chair. Elle lui fait faire ses devoirs, elle lui donne sa douche et joue au foot avec lui comme une vraie dingue. Elle pleure toujours pendant mes spectacles. Là où les autres ne voient qu'une simple lecture, elle détecte le temps et les excès qui ont détruit mon visage. Et elle n'arrive pas à s'en remettre.

Le point central de ma famille, c'est ma petite sœur. C'est elle qui réunit tout le monde à Noël. C'est elle qui réconcilie les uns avec les autres. Il faut la voir confectionner les décorations d'anniversaire pour les dix ans de mon fils comme pour les soixante-dix ans de ma mère. Souvent, elle passe me voir lorsque je n'ai pas le moral.

Pour que je le retrouve, elle arrive toujours avec des bulots et des grosses crevettes roses. Elle sait qu'aucun orage dans ma tête ne peut résister à des bulots et à des crevettes roses.

Un soir où nous rentrions en taxi après l'une de mes lectures, elle a fondu en larmes :

« Que se passe-t-il ma chérie ?

— Rien. C'est le temps qui passe. C'est le fait que je ne supporte pas de voir vieillir ceux que j'aime.

— On va tous mourir un jour, mon ange.

— Eh bien moi, je ne suis pas d'accord. Je refuse de voir mourir ma famille.

— Alors, continue juste à les aimer comme tu fais.

— …

— Parce que je te jure que tu nous aimes très bien, mon Émilie. Vraiment très bien. »

Chapitre 13

La vie de plagiaire est une vie insupportable et très difficile pour le cœur. À chaque coup de fil, vous pensez que votre tour est arrivé. À chaque SMS, vous vous sentez démasqué. Vous flippez en permanence. À chaque journal que vous ouvrez à la page « Livres », vous tremblez à l'idée que votre imposture ne soit dévoilée. J'ai touché le sommet le soir où Guido, mon émetteur, m'a dit : « Nicolas, samedi, j'étais à une fête où une journaliste t'accusait de plagiat ! Je t'ai défendu, tu n'imagines même pas ! »

Et là, c'est la paranoïa absolue ! On imagine que tout Paris ne parle que de ça alors que tout le monde s'en fout ! Le pire, c'est l'air désolé de vos proches le jour où vous avouez la chose. Ils sont gênés pour vous. Ils trouvent dommage que vous ayez gâché le seul truc pour lequel vous étiez doué. Dans le meilleur des cas, ils disent : « Tu as fait une belle connerie ». Dans le pire, ils se taisent.

La vie de plagiaire doit ressembler à la vie d'un petit braqueur de banque. Ensuite, pendant toute ton existence, il faudra que tu regardes derrière ton dos si la police ne débarque pas. Plus jamais, tu ne pourras dormir d'un sommeil tranquille. Tu seras toujours flippé à l'idée qu'on te démasque. Je vais dire quoi, moi, si un jour on me démasque ? Pardon les amis, mais il me restait une nuit pour trouver vingt pages ? Et puis, il y a eu ce coup de fil. Et puis, tout m'a paru simple d'un seul coup.

Je n'avais pas l'impression d'avoir triché, ni d'avoir volé qui que ce soit. Mince. Relativisons. Je n'ai tué personne. Alors pourquoi ai-je honte à ce point ? Pourquoi cette faute me serre-t-elle la gorge chaque matin ? Pourquoi je ne peux pas regarder ce livre sans penser d'abord à ça ?

Il faut que je me lève et que je paye l'addition. Il faut en finir avec tout ça, sinon je ne pourrai plus jamais écrire une seule ligne. Allez, Nicolas Rey : au tribunal ! Vous plaidez quoi ? Coupable. Des circonstances atténuantes ? Aucune, monsieur le juge. Je veux juste purger ma peine et qu'on en finisse. Ce n'est pas moi qui vais vous donner votre peine, monsieur Rey, ce sont les autres.

Chapitre 14

Depuis mon plus jeune âge, le mensonge a toujours été pour moi comme une seconde peau. C'est comme un réflexe, un mode de vie. Je ne veux pas faire de mal aux autres, je veux juste embellir la vérité. Adolescent, alors que j'habitais au fin fond de la Normandie, je disais aux filles que je croisais dans des soirées que je vivais à Paris rue Monsieur-le-Prince. Quoi de mal à ça ? Celui à qui j'ai prononcé le plus de mensonges demeure mon père. Lui qui ne demandait toujours qu'une seule chose : que je me comporte franchement avec lui.

Lors de mon année de quatrième, notre classe avait un échange avec une ville allemande.

Comme tout bon cancre qui se respecte, je suis tombé amoureux de la correspondante d'une amie. Elle s'appelait Irmela von Stralendorf. Elle était blonde, les cheveux raides et longs avec une peau fine qui laissait dévoiler les veines de ses bras et de son cou. J'étais fou d'Irmela. Le dernier jour de sa visite, j'avais mijoté un plan avec mon camarade Patrice Tourin. Patrice devait trouver une mobylette, passer me chercher, me déposer la nuit venue devant le domicile de la correspondante d'Irmela. Il ne restait plus qu'à cette dernière à enjamber le portail pour que nos retrouvailles prennent vie.

Comme il savait que c'était le dernier soir où je pouvais voir Irmela, mon père, à table, m'avait tenu le discours suivant: « Nicolas, si tu veux la voir, je préfère passer la prendre ou te déposer chez elle le temps qu'il faudra. Mais ne fais pas de connerie s'il te plaît. » En guise d'absence de conneries, je fis le mur et retrouvai Patrice quelques mètres plus loin. Il y avait sept kilomètres à faire. Patrice n'avait pas le moindre casque et son phare ne marchait pas. Nous ne sommes jamais arrivés chez la correspondante d'Irmela.

Au kilomètre numéro 4, à la suite d'un accident de voiture, une bagnole de flic était stationnée. Nous étions mineurs et nous avions tout un tas d'infractions à notre crédit. Assez, tout du moins, pour nous emmener au poste et prévenir nos parents. Le père de Patrice est arrivé le premier. Il lui a envoyé une claque à faire décoller le plancher des vaches. Mon père est arrivé dix minutes plus tard. Je redoutais le pire. Et je n'ai rien compris. Il m'a serré dans ses bras avec une force inouïe en murmurant : « J'ai eu tellement peur, mon chéri. »

Chapitre 15

Il n'y a pas que mon existence qui soit en sursis. Il y a mon amour également. Je suis un amoureux en sursis. Nous le sommes tous, mais moi plus que les autres. Depuis plus d'un an, Joséphine a décidé que nous n'étions plus en couple officiellement. D'un côté, cela m'évite les repas en famille. Mais de l'autre, Joséphine ne me dit plus « Je t'aime » et ça, c'est à vous faire crever sur-le-champ. Joséphine, je boufferais de la merde pour elle. Je n'ai jamais vu autant de délicatesse et de grâce réunies en une seule et même personne.

Joséphine, je veux que tu saches que je souhaite ton bonheur avant tout. Peut-être que bientôt, le jour viendra où tu vas m'annoncer que tu es heureuse dans les bras d'un autre. Eh bien, je serai heureux pour toi. Joséphine, tant que je serai sur cette terre, tu pourras compter sur moi. Pour tout et en toutes circonstances. Acheter de la literie, du terreau, des aquarelles et nettoyer du vomi à la fin d'une fête que tu auras organisée.

J'ai quarante-quatre ans. Il m'a fallu attendre l'âge de quarante ans pour savoir à quoi pouvait ressembler le véritable amour. L'abnégation. Le don de soi. Le silence partagé. L'écoute attentive. Le plaisir de l'autre avant le sien. Le plaisir de l'autre qui devient le sien. La joie sincère lorsqu'il arrive à l'autre quelque chose de bien. L'idée d'écrire en l'imaginant sourire lorsqu'elle lira ces lignes. L'envie folle d'avoir un enfant avec elle.

L'imaginer enceinte constamment. Imaginer son gros ventre qui bouge parce que le petit donne des coups de pieds.

Tu m'as bluffé pas mal de fois. Mais le soir où je t'ai rencontrée, où nous sommes directement tombés amoureux l'un de l'autre, tu m'as donné rendez-vous le lendemain matin parce qu'ensuite tu partais en Grèce avec ta fille. J'étais très anxieux pendant ce rendez-vous. J'avais peur que tu m'oublies lors de ton séjour en Grèce. Toi, au contraire, tu étais très calme, souriante et sereine. Tu trouvais que ces vacances tombaient bien, parce qu'elles allaient nous permettre de réfléchir à notre rencontre et de la savourer. Un vieux sage n'aurait pas mieux dit.

Hélas, j'ai trompé Joséphine. Elle s'appelait Florence. Joséphine a découvert l'insoutenable vérité lors d'un week-end à Bruxelles. Joséphine sentait tout, devinait tout, détectait tout.

À l'aube, elle a ouvert mon BlackBerry pour tomber sur des échanges de SMS avec Florence et bien pire encore. Elle est sortie de la chambre d'hôtel à six heures du matin pour errer dans cette ville glaciale et pluvieuse. Je l'ai retrouvé quelques heures plus tard, brisée, anéantie. Ses jambes ne la portaient plus. On aurait dit un petit oiseau blessé. Aujourd'hui, je préférerais mourir plutôt qu'avoir fait ça.

Vous voulez un autre exemple de ma dégueulasserie ? Un jour, alors que je passais la journée avec Hyppolyte, Florence est venue nous faire des crêpes. Le soir, nous dînions chez Joséphine. J'ai fanfaronné qu'Hyppolyte et moi avions fait des crêpes formidables pour le goûter. Immédiatement, Joséphine m'a fusillé du regard et j'ai pigé qu'elle avait tout compris. « Un coup à détester les crêpes pour toute sa vie », me dira-t-elle plus tard. Mais il y a pire. C'était de voir Hyppolyte si mal à l'aise face à ce mensonge, lui qui adorait tant Joséphine.

Joséphine, que je croyais si forte et qui en fait pleurait si souvent dans son lit quand elle n'arrivait pas à s'endormir à cause de moi.

Chapitre 16

Marie L., mon éditrice, vient de découvrir le pot aux roses. Elle est mignonne parce qu'elle refuse d'y croire. Elle m'appelle :

« Nicolas, j'ai des retours de journalistes qui me parlent de plagiat.

— …

— Tu n'aurais pas fait un truc pareil ?

— C'est compliqué, Marie. C'est l'avant-dernière nouvelle, là, tu sais, celle qui s'intitule *Australie*.

— Oui, je vois très bien. Celle de vingt pages qui ne ressemble pas du tout à ton écriture.

— Disons que cette nouvelle n'est pas vraiment de moi, Marie.

— …

— Je suis désolé.

— Pas autant que moi, Nicolas. Pas autant que moi. »

Je suis dans le bureau d'Andréa Martin. La directrice de la maison d'édition. Une femme de pouvoir, petite, au regard sec et à la sexualité débridée. Elle me tourne le dos et regarde par la fenêtre :

« Les avocats de Félix Ponte demandent cent mille euros de dommages et intérêts.

— Je ne savais pas que je valais une telle somme.

— Vous ne valez pas une telle somme. Vous ne valez rien. C'est cette maison d'édition, grande et riche, qui vaut une telle somme.

— Que puis-je faire pour vous aider ?

— Vous taire. Ne pas parler aux médias. En ce qui concerne le reste, c'est le service juridique qui s'en occupe, mais ne passez pas les saluer, ils ne vous portent pas dans leur cœur en ce moment.

— Je comprends.

— J'ai une question malgré tout.

— Oui ?

— Pourquoi ces vingt dernières pages alors qu'elles sont largement différentes des autres ?

— Parce que je devais rendre encore vingt pages et que je n'avais plus d'inspiration.

— La prochaine fois, arrêtez-vous au moment où vous n'avez plus d'inspiration. »

Chapitre 17

Mes seules véritables maisons ont été les centres de désintoxication par lesquels je suis passé. Là-bas, entre perdants, on se comprend. Et toi ? Deux pensions alimentaires. Et toi ? Mon chef de service m'a rendue folle.

J'avais sympathisé avec un ancien agent immobilier totalement détruit par la cocaïne. Le pauvre vieux n'avait plus de cloison nasale. Il mouchait du sang en permanence. Il me disait : « Tu comprends Nicolas, je n'en pouvais plus de mentir en vendant des appartements à des couples en pleine décrépitude. Alors, je tapais, je tapais, je tapais. Et le soir, je tapais encore pour faire bonne figure à la maison. »

Il y avait Igor aussi, ancien soldat russe et vétéran de la guerre en Tchétchénie. Igor sans dents, le crâne rasé, des tatouages de la tête au pied. La nuit, ses hurlements réveillaient l'intégralité du couloir. On le retrouvait prostré dans un coin de sa chambre, en larmes, suppliant pour une bouteille de vodka. En échange de quoi, l'infirmière de garde lui filait un Xanax. Alors qu'il n'y a que l'alcool pour guérir la douleur des hommes.

Tous les jours, j'avais rendez-vous avec mon psychiatre, le docteur Ostermayer. Un soir, il m'a posé la question suivante :

« Pourquoi vous obstinez-vous à vous détruire à ce point ?

— Je ne me détruis pas, docteur. Je suis comme tout le monde dans cette clinique. Je suis plus sensible que les autres. Plus lucide aussi. Par exemple, je ne supporte pas qu'à notre mort, on devienne ce que l'on était avant de naître. À savoir RIEN. Une sorte de sommeil profond. Alors je me drogue. L'illusion pour ne pas mourir de la vérité, docteur.

— Moi par exemple, je ne me drogue pas et je n'ai pas peur de la mort.

— Ne me faites pas rire, docteur, on se connaît trop. Vous, votre drogue, c'est l'histoire de

France et les bons vieux westerns. Grand bien vous fasse !

— Et le cigare aussi. De temps en temps.

— Mon Dieu, ce que vous prenez des risques, docteur. »

Chapitre 18

J'avais vingt-quatre ans lorsque j'ai publié mon premier roman. J'avais envoyé deux manuscrits. Le premier aux éditions Valat, le second aux éditions Florent Massot. Trois jours plus tard, j'avais sur mon répondeur deux réponses positives. Mais les éditions Valat m'offraient deux mille francs d'à-valoir. Une somme à l'époque. J'optai donc pour cette minuscule maison d'édition où l'éditrice faisait également office d'attachée de presse. À l'époque, Frédéric Beigbeder était le grand manitou des lettres avec sa page dans *Voici*. J'avais choisi de ne pas lui envoyer le livre, persuadé qu'il en recevait trois cents par jour.

Un matin, chez moi, je reçois le coup de téléphone suivant :

« Frédéric Beigbeder à l'appareil.

— C'est une blague.

— Pas du tout. J'ai trouvé votre livre dans le sac à main d'une jeune fille que je sautais dans les toilettes de chez Castel. Je l'ai dévoré. J'en ai fait ma page dans *Voici*. Mais il faut une photo et j'ai laissé sept messages dans la boîte vocale de votre éditrice qui sont restés sans réponse.

— Logique. Elle ne sait pas se servir de sa boîte vocale.

— Le journal boucle dans deux heures. S'ils n'ont pas votre photo, ils mettent mon article sur Jim Harrison à la place. Le groupe Prisma Presse se trouve place des Victoires. Je te conseille de faire vite, jeune homme. »

Je pique les clés et le casque de mon colocataire. Je chope une photo de vacances et je déboule place des Victoires. À l'accueil, je demande qui s'occupe de la page de Frédéric. On me montre du doigt un type au fond de la salle. Je me précipite vers lui. Je dis en enlevant mon casque : « C'est la photo de Nicolas Rey. » Le mec marmonne quelque chose du genre : « Il me fait chier, ce Beigbeder, à toujours faire les choses à la dernière minute. » Puis, une fois scanné la photo, il la regarde et me dévisage. Il dit :

« C'est dingue ce que vous ressemblez à l'auteur.

— C'est moi l'auteur, monsieur.

— Non. Vous, vous êtes coursier.

— C'est provisoire, monsieur. Je vous jure que c'est provisoire. »

Le type ne m'a pas cru alors que, pour une fois dans ma vie, je disais la vérité.

Chapitre 19

Je me balade au jardin du Luxembourg avec mon éditrice, Marie L. J'aime cette fille. D'abord parce qu'elle a toutes les raisons du monde de m'en vouloir, mais qu'elle ne m'en veut pas. Marie préfère toujours comprendre plutôt que juger. Et puis, elle a un petit garçon et elle est en plein divorce. Son mari l'a quittée, mais elle garde le cap parce qu'il faut bien tenter de vivre. Avec tendresse, elle m'explique que la promotion de mon livre est délicate. Le ver est dans le fruit. Elle me dit : « C'est comme si ton livre était porteur d'un virus et que les gens n'osaient pas y toucher. »

Avec ma connerie, j'ai gâché une année de son travail. Et pourtant, elle refuse de me lâcher.

C'est elle qui se bat pour que je reste dans cette maison d'édition. Elle croit en moi malgré tout. Elle croit en la littérature. Elle croit que les mots peuvent changer le monde. Elle croit que les phrases peuvent servir de pansements à nos cicatrices.

Elle dit de son ex-mari qu'il est un très bon père. Et puis, son regard s'absente et on l'imagine, le soir, seule dans son appartement, en train de pleurer dans sa cuisine. On a envie de lui dire que tout n'est pas perdu, que c'est une nouvelle vie qui commence, qu'elle possède un charme fou et qu'elle a le don pour raconter des histoires.

Marie L., ma chère Marie, je vais te pondre un récit radioactif rien que pour tes yeux. Je vais TOUT raconter. Je vais raconter la vérité sur cette affaire et sur tout le reste. C'est la moindre des choses que je puisse faire pour toi.

Chapitre 20

Je suis chez mon dentiste. Mon dentiste est un type formidable. Il soigne peu, mais fait payer encore moins. C'est le Benoît Hamon de la carie dentaire. S'il pouvait vous rendre de l'argent, il le ferait sans la moindre hésitation. Dans sa salle d'attente, il n'y a que des photos de chair fraîche : Kurt Cobain, Jim Morrison, Amy Winehouse et la bouche ouverte de Gainsbourg à la fin de sa vie. Un soir, il travaillait, non sans difficulté, sur l'une de mes molaires dans son cabinet : « Fichu design italien, a-t-il grincé en évoquant son matériel, c'est beau, mais je n'y comprends rien ». Mes dents commençaient à devenir un problème tout à fait sérieux. Étant donné les doses de codéine et de dérivés morphiniques que j'avais ingurgitées, aucune anesthésie ne tenait le coup. Il travaillait à vif sur mes gencives. La douleur était intenable. Je savais qu'il lui restait du Di-Antalvic dans l'un de ses tiroirs et de la vodka dans son frigo. Des gouttes de sueur descendaient de son front pour éclabousser mon visage. Je lui ai proposé de passer faire une pause dans la salle d'attente. Après quelques gorgées, il a murmuré :

« Il n'y a plus qu'une solution pour refaire tes dents, Nicolas. Une AG.

— Une quoi ?

— Une anesthésie générale. On t'endort. On enlève tout ce qu'il faut. On remplace par du neuf et on te réveille après.

— Mince. Comment j'en suis arrivé là ?

— On va dire que tu n'as pas fait les choses à moitié. »

Je suis sorti de chez mon camarade dentiste avec le regard triste. Je regardais les jeunes de vingt ans en train de rire sur les terrasses. Dents éclatantes. Dents pleines de beauté. Je suis passé de vingt-deux à quarante-quatre ans sans rien voir venir. Et puis, un jeune type est arrivé vers moi. Il m'a dit : « Monsieur, auriez-vous une cigarette s'il vous plaît ? » Bien sûr, il a utilisé le « vous » par politesse. Mais je lui ai offert une cigarette avec l'envie de le tuer.

Chapitre 21

Je déjeune avec mon avocat. Il déboule, tout de cuir noir vêtu, avec trente minutes de retard. Il s'excuse : « Désolé, petit, mais ça ne roule pas dans cette putain de ville. » Il commande un double whisky : « Premièrement, on ne panique pas, mon garçon, parce que je vais le pendre à un croc de boucher, ce petit rat, je vais l'écarteler vif et bouffer ses entrailles une à une. » Il commande un tartare de bœuf et poursuit : « Franchement, j'ai lu les vingt pages. Si au moins ce type était Marcel Proust, mais rien à voir ! On s'emmerde à mourir en lisant ça, quoique dans Proust aussi on s'emmerde à mourir, mais c'est différent. » Il boit son apéritif d'un trait, en recommande un autre : « Moi, ce que j'aime en littérature, c'est la SF. *Le Seigneur des anneaux* et tout ça, alors son histoire de deux vieux qui s'emmerdent, c'est le pompon du pompon ! »

Mon avocat a disposé trois téléphones portables sur la table. En dévorant son tartare, il continue : « Je vais te dire, Nicolas, passer par l'intermédiaire d'une fille pour t'annoncer qu'il t'assigne en justice porte un nom : ne pas avoir de couilles. Ce type a une bite minuscule, frangin, une bite de la taille de celle d'un enfant de quatre ans ! » L'un de ses portables sonne. Il essuie sa bouche et se contracte. Visiblement, ce coup de fil est important. « C'est ma femme », il murmure.

« Oui, mon amour.

— …

— Bien sûr que je n'oublierai pas.

— …

— J'arrive avec un cadeau pour toi, ce soir.

— …

—À tout à l'heure, mon amour. »

Il raccroche, à peine gêné. Il me dit : « Que veux-tu, je l'aime. Elle est plus jeune que moi. Je redoute le jour où elle va me quitter. J'en souffre même tous les jours. Mais je ne regrette rien. »

Chapitre 22

Ma mère était la professeur de français de mon père. Ils se sont rencontrés dans un lycée près de la ville de Nevers. À la fin du premier cours, ma mère essuyait le tableau lorsque mon père s'est approché d'elle :

« Que puis-je pour vous, jeune homme ?

— Accepter mon invitation au restaurant.

— Vous êtes gentil, mais je passe mes journées à supporter des élèves de votre âge, alors le soir, je ne fais pas garderie. »

Ma mère a tenu quatre mois. Quatre mois de cour intensive : bouquets de fleurs, lettres enflammées, déclaration d'amour sous toutes ses formes. Et puis, le soir du 31 décembre, mon père était avec son meilleur ami chez Castel. À minuit, il a pris les clés de voiture de son camarade et a roulé toute la nuit jusqu'à Nevers. À l'aube, il a téléphoné depuis un bistrot en face de chez elle :

« C'est André. J'étais à Paris. J'étais malheureux sans vous. Alors j'ai roulé toute la nuit et je suis dans le bar en face de votre maison.

— Vous n'avez qu'à venir déjeuner. »

Depuis que je connais ma mère, je l'ai toujours trouvée mélancolique.

Ma mère dit toujours : « Moi, ce que je veux, c'est avoir la paix. » Elle a perdu son père à l'âge de dix-huit ans. Il est mort d'une crise cardiaque, pratiquement dans ses bras. Il était dentiste. Pendant toute la journée, elle a répondu au téléphone, aux gens qui voulaient prendre rendez-vous, que son père était mort. Je crois qu'on ne se remet jamais tout à fait d'un truc pareil. Ce que j'aime chez elle, c'est qu'elle n'a plus d'illusions sur personne ni quoi que ce soit. Avec moi, par exemple, elle est d'un calme olympien. Comme elle sait que je cumule les catastrophes, elle les regarde passer avec flegme et sagesse. Il n'empêche, je ne saurais pas vraiment expliquer pourquoi, mais s'il y a bien un truc que j'adore c'est la prendre dans mes bras.

Chapitre 23

Jean est dans Paris. Attention, on a lâché la bête. Jean n'a pas besoin de sites de rencontres pour rencontrer des filles. Il fait tout tout seul. Il les rencontre lui-même en personne. À l'abordage. Une femme seule dans un café, Jean s'approche avec son accent du midi : « Pardon madame, mais je vous trouve tellement belle que je voulais vous le dire. Puis-je vous tenir compagnie quelques instants ? » La femme refuse poliment. Qu'importe, Jean a un cœur à aimer toute la terre ! Il retente sa chance à un arrêt de bus : « Mademoiselle, vos yeux sont bleus comme les vagues de l'océan. Est-ce qu'un petit café vous ferait plaisir ? » Deuxième refus. « Vraiment, je ne comprends pas cette ville », me dit Jean.

Nous nous installons sur une terrasse avec vue sur les jupes des filles. « Je la trouve très mauvaise, ton idée de récit », me dit Jean. Il poursuit :

« À présent que la promotion du livre est passée, tout le monde s'en tape de ton plagiat. En révélant ta bêtise, les gens ne penseront plus qu'à ça lorsqu'ils te liront.

— C'est un risque à prendre.

— Un risque énorme. Laisse passer un peu de temps et écris un autre bouquin.

— Je ne peux pas. Je veux que les gens sachent, au mot près, ce que j'ai trafiqué.

— Et pourquoi ?

— Parce que j'ai honte. Parce que je dois la vérité à mes lecteurs. »

Jean aperçoit une beurette assise juste à côté de nous. Il attaque : « Mademoiselle, venez vous joindre à nous. Je vous présente Nicolas Rey, un grand écrivain ! Il a même décroché le prix de Flore ! » À ma grande surprise, la fille se joint à nous :

« Que faites-vous dans la vie, mademoiselle ?

— Je suis en école de commerce. Et vous, monsieur ?

— Moi, je viens de racheter une station de ski.

— Sérieux ?

— Je suis toujours sérieux quand je parle business », a terminé Jean.

Chapitre 24

J'écris ce livre en étant totalement clean. Et vous n'imaginez pas à quel point c'est chiant et laborieux d'écrire lorsqu'on est totalement clean. On met un temps monstrueux à écrire une seule ligne qui ne soit pas trop mauvaise. Je me réveille vers quinze heures. Je bois un café. Je regarde de façon désagréable mon ordinateur. Je tente de penser à ma page du soir, mais rien n'arrive. Aux alentours de vingt-deux heures, j'allume mon ordinateur. Chapitre 24. La page est vierge. La fameuse page blanche. Je reste de longues minutes à la regarder fixement. J'ai mes cigarettes, mon cendrier et mon verre de Coca light.

Les choses peuvent durer très longtemps comme ça. Et puis arrive une idée. J'en prends soin comme d'un enfant malade. Je la laisse prendre vie, grandir, vivre sa propre existence. Arrive l'heure de la première phrase. Oh, comme je la protège, cette première phrase ! Ensuite, les mots s'enchaînent. C'est comme une musique sur mon clavier. Il faut que ça tape et que ça swingue comme pas possible.

Ensuite, c'est l'été qui approche. C'est le soleil qu'on aperçoit. On est au milieu du lac. Il devient possible, enfin, d'atteindre l'autre rive. On nage le crawl. On redoute les crampes. On va y arriver. On l'a déjà fait. Il n'y a pas de raison que les choses ne fonctionnent pas cette fois-ci.

On vient d'arriver. On est ravi et totalement mort. On a mal au dos surtout. On songe que c'était juste cette fois-ci. Qu'on a bien failli couler une fois pour toutes. On s'allonge sur un transat. On commande un Perrier menthe. La littérature est la nage la plus dangereuse qui soit. Elle demande une condition physique exceptionnelle, mais elle vous détruit le corps sans vous offrir le moindre répit.

Il est sept heures du matin. Je referme mon ordinateur. J'ai terminé le chapitre 24. Il n'empêche. Je deviens un peu trop vieux pour ce genre de truc. Jouer sa vie à chaque page devrait être réservé à la jeunesse de vingt piges. Bon, il faut que je vous quitte maintenant. Il faut que j'aille dormir. Le jeu de massacre recommence demain soir.

Chapitre 25

Dimanche soir. Appel d'un « bon » copain pour me prévenir que demain le mensuel *Technikart* sort un dossier sur mon affaire de plagiat. J'ai l'impression qu'on m'aspire le ventre avec une immense seringue. Il me reste une chose à faire : prévenir Joséphine. Je lui téléphone. Je lui dis : « Joséphine, j'ai quelque chose d'important à te dire. » Elle en profite pour me proposer de venir dîner. Pendant le repas, je parle de tout sauf de ça.

Au dessert, je lui dis : « Joséphine, je préfère te parler demain de tout ça. En attendant, j'aimerais dormir sur ton canapé s'il te plaît. » Elle accepte. Je passe une nuit blanche. Je la regarde dormir. Je fume des cigarettes à sa fenêtre. À l'aube, je sors de chez elle et m'installe à la terrasse d'un bistrot en face d'un kiosque. À six heures quarante-cinq, le kiosque ouvre et je vais être fixé. Je suis le premier client. Je lui demande le magazine. Il ouvre un grand paquet et me donne le premier de la pile. Je décortique les pages les unes après les autres. Jamais je n'ai lu un journal avec autant d'attention. Résultat ? Rien ! Absolument rien ! Je deviens le roi du monde. Je ne marche pas, je vole.

Je dévalise une boulangerie et me précipite chez Joséphine. Elle dort encore. Je lui prépare, sans faire de bruit, le petit déjeuner du siècle. À son réveil, elle me sourit et m'embrasse dans le cou. Elle est contente de cette surprise. Elle me demande tout de même ce que je voulais lui dire hier et qui ne pouvait pas attendre. Bien sûr, c'était l'occasion ou jamais. Bien sûr que j'aurais dû tout dire à cet instant précis. Mais je ne voulais pas gâcher cet instant-là, alors j'ai murmuré qu'en fait cela n'avait pas d'importance.

Joséphine, je ne veux rien gâcher avec elle. Je veux que tout soit toujours parfait. J'aimerais trouver des trucs qui la comblent de bonheur. J'aimerais l'aider dans les moments difficiles et panser ses plaies lorsqu'elle s'égratigne les genoux. Je veux la savoir heureuse du soir au matin et du matin jusqu'au soir. J'aurais aimé être son amour d'enfance, celui qu'on n'oublie jamais totalement. J'aurais aimé être sa passion adolescente, celle qui vous marque à tout jamais. J'aurais aimé être le père de son enfant. Mais je n'arrive que maintenant. Avec ma gueule de type de quarante-quatre ans ravagée par l'existence. Que voulez-vous, je fais partie de la grande famille des intranquilles et des nerveux. Alors, la vie m'est passée dessus comme un semi-remorque. Mais mon cœur est intact, Joséphine. Et il n'est que pour toi.

Chapitre 26

Guido est celui qui m'a chassé pour me présenter aux éditions de La Férinière. Guido est un type passionnant qui a déjà eu mille vies. Il est mort pas mal de fois. Par exemple, il avait créé sa propre maison d'édition, laquelle s'est cassé la gueule dans les grandes largeurs. Guido a déposé le bilan. Mais les fournisseurs - auxquels il devait de l'argent – n'étaient pas de cet avis. Mon ami Guido a été poursuivi par des mafieux russes jusque chez lui.

Il a tout perdu. Il a été obligé d'aller revivre chez ses parents. Interdit bancaire. Fiché à la Banque de France, Guido est passé par toutes les cases de la formidable chute. Et puis Andréa

Martin lui a tendu la main. Comme ça. Pour rien. Pour la beauté du geste. Parce que c'est une joueuse de soixante-cinq ans. Guido est toujours un type très élégant. Rasé de près, il porte des chemises blanches et des vestes en lin qui lui vont à merveille.

Guido s'est toujours foutu de cette histoire de plagiat. Il me disait en rigolant : « Mais c'est rien, cette histoire. C'est le petit doigt de pied d'un nourrisson ! » Guido trouvait qu'il y avait des choses plus importantes dans l'existence : comme le temps qu'il faisait ou sa ville de Bordeaux qu'il chérissait tant.

Un soir, nous étions à un cocktail littéraire. Guido tenait son parapluie à la main droite, parce que Guido ne sortait jamais sans son parapluie. Il était de petite taille et avait toujours des gestes doux. Face à nous, un critique s'est exclamé : « Tiens, deux tricheurs ensemble, c'est pas surprenant ! » Guido m'a demandé de lui tenir son parapluie. Il s'est rapproché lentement du type et lui a balancé un immense coup de pied dans les testicules. Ensuite, il a poursuivi par un coup de genou dans le menton. L'homme était au sol. Guido a shooté à trois ou quatre reprises dans son estomac. Puis, il m'a demandé son parapluie et nous sommes partis. Dans le soir de la nuit parisienne, il m'a dit : « Tu vois, le milieu littéraire est un milieu violent, mais un monde qui n'a rien dans le ventre. »

Je lui ai demandé où il avait appris à se battre de telle manière. Il m'a répondu : « Dès l'enfance, j'étais le plus faible dans la cour d'école. J'ai pris des coups et puis un jour j'ai décidé d'arrêter d'en prendre. Ce qui compte, c'est de concentrer toute sa nervosité et de frapper le premier. Il faut frapper l'autre comme si tu voulais le tuer. Tu comprends ? » En le regardant faire, j'avais très bien retenu la leçon.

Chapitre 27

Je rentre chez moi. Mon père m'attend dans le canapé du salon. Il tient dans sa main droite une lettre ouverte de mon avocat, lequel devait me tenir au courant de ses honoraires concernant cette histoire de plagiat. Mon père est livide. Il articule :

« Tu pensais me l'annoncer quand ?

— Le plus tard possible. Jamais, dans le meilleur des cas.

— Mais Nicolas, comment vas-tu faire pour payer cet avocat ?

— Je n'en sais rien.

— Et puis merde. Moi, j'étais fier de toi, de ton écriture.

— Je suis désolé. »

Mon père n'a même plus de colère en lui, tant il semble triste et abattu. Il est vraiment déçu. Il a de la peine pour moi et pour le monde entier. Il me demande :

« Mais comment c'est arrivé ?

— C'est une longue histoire, papa.

— Raconte quand même.

— Il me restait vingt pages à écrire en une nuit et je ne les avais pas.

— Moi, je pensais que là-dessus, je pouvais compter sur toi.

— …

— En gros, ce type te fait chanter.

— En quelque sorte.

— Donne-moi son nom et son numéro de portable. Je vais régler ça.

— Non, papa, tu ne vas pas régler ça.

— Pourquoi ?

— Parce que je n'ai aucune envie que tu te retrouves en taule à cause de moi. »

Mon père s'est levé. Il faisait beaucoup plus vieux que son âge. Il avait la tête baissée et le pas lent. Il a murmuré qu'il rentrait à la maison pour digérer ça. J'aurais voulu trouver les mots pour lui remonter le moral, pour ne pas le décevoir tout à fait. Mais je suis resté muet et je l'ai laissé partir.

Chapitre 28

Les visites de mon appartement ont commencé. Elles débutent aux alentours de onze heures du matin et se terminent vers vingt heures le soir. Je salue les couples, je leur dis de « rentrer dans la maison du bonheur » et je les vois faire leur inspection. Regarder la chambre de mon fils comme si c'était déjà la leur. Il faut les voir parler des travaux éventuels alors que mon père a trimé des mois à la perfection de ce trois-pièces. Je dois me résoudre à l'évidence. Ma vie s'arrête là et leur vie commence ici.

Je ne supporte pas leur regard gêné lorsqu'il croise le mien. Il y a de la pitié à l'intérieur et je n'aime pas faire pitié. Un jour, une jeune femme a décrété qu'elle ne trouvait pas le salon assez lumineux et j'ai craqué :

« Nous sommes au premier étage, madame. Vous connaissez des appartements lumineux au premier étage ? Et puis, moi, j'ai toujours aimé l'obscurité, les bas-fonds, la fin du monde, l'enfer en quelque sorte. »

L'agent immobilier m'a regardé d'un sale œil. Quel drôle de métier que celui d'agent immobilier. Vendre à des plus riches pour détrousser des plus pauvres. Et prendre des commissions avec ça ! Boulot de merde. Et tous ces couples qui font ces visites. Ces amoureux de mes couilles. Allez-y, avec vos cinq cent mille euros de chiotte. Achetez cette chambre où j'ai fait l'amour avec Joséphine.

De toute façon, vous ne savez pas baiser. Vous ne savez rien faire hormis acheter mon appartement.

Un jour, mon agent immobilier m'a dit : « Si je fais ce métier, ce n'est pas pour l'argent, c'est pour les gens. » Je l'ai regardé comme on regarde un extraterrestre débarqué de la planète Mars. Il a poursuivi : « Le fric, je m'en tape. Les clients, c'est un peu ma famille. » J'ai pensé à sa véritable famille. Et j'en ai conclu qu'elle devait être infiniment affreuse pour avoir sa famille comme client.

Chapitre 29

Je déjeune avec Chloé, une ancienne petite amie. Je me souviens de peu de choses avec Chloé. Mon amour pour Joséphine a altéré mes histoires précédentes. Chloé, elle, compte bien me séduire de nouveau. Je le devine à sa jupe fendue, à son parfum un peu trop fort, à son maquillage un peu trop lourd. Elle dit : « Tu sais Nicolas, j'ai beaucoup changé. Je suis plus celle que tu as connue. J'ai mûri en quelque sorte. Par exemple, je supporte très bien la fumée de cigarette à présent ! »

Pauvre Chloé. J'aimerais oser lui dire à quel point je suis à des années-lumière de son amour pour moi. Joséphine a submergé ma vie. Je suis incapable de trouver une fille jolie ou d'avoir envie d'une autre femme. Je suis Joséphine addict. Accro à sa voix et à son visage. Chloé poursuit :

« Bref, tout ça pour te dire que je me sens prête à vivre une véritable histoire.

— Pas avec moi Chloé, hélas.

— Pourquoi ? Nous étions bien tous les deux.

— C'est peut-être le problème. Nous étions juste bien tous les deux. Mais j'ai rencontré quelqu'un.

— …

— Et je suis dingue d'elle. Loué jusqu'à la nuit des temps. »

Chloé fond en larmes dans son assiette. Je lui serre le poignet, mais elle me repousse.

Elle me dit : « Si tu savais le nombre de nuits où j'ai attendu ce déjeuner. J'étais certaine d'avoir fait le bon choix. J'aurais dû écouter ma mère.

— Non, Chloé. Il ne faut jamais écouter sa mère. »

Dans le restaurant, les gens me regardent comme si je venais de commettre un génocide. L'amour est un jeu de massacre où les gens se font trucider les uns après les autres. C'est le tour de Chloé, cette fois-ci. Mais mon tour va arriver un jour ou l'autre. Et je ne suis absolument pas prêt à la souffrance que je vais ressentir à ce moment-là.

Chapitre 30

Mon seul plaisir avec le livre de nouvelles aura été les critiques élogieuses que j'ai reçues à son égard. Parce qu'aucune d'elles n'évoque la nouvelle plagiée. Elles s'attardent toutes sur mon seul travail. J'aimerais remercier ces gens-là. J'aimerais les embrasser longtemps sur la bouche. Andréa Martin m'invite à prendre un verre aux Chandelles. Drôle d'endroit pour une rencontre. Après un long silence, elle me dit :

« Le sexe et la mort Nicolas, il n'y a que ça de vrai.

— …

— Qu'est-ce qu'on va faire de vous ?

— Je ne sais pas. C'est vous la directrice.

— Tout le monde a le droit à une seconde chance. Vous ne trouvez pas ?

— Je suis entièrement d'accord avec ce concept. Le seul problème, c'est que je ne me sens d'écrire que sur ce qu'il m'est arrivé.

— Alors tant mieux. Cela facilitera le travail du service juridique. »

Je retourne des Chandelles jusqu'à chez moi en métro. C'est mon père qui me donne des tickets à chaque début de semaine. J'ai des difficultés à monter jusqu'à mon appartement. Je m'essouffle de plus en plus facilement. Je transpire beaucoup. Je dois faire des pauses tous les cent mètres comme les vieux. J'ai l'état de santé d'un homme de soixante-dix ans. L'idée de me mettre au sport m'horripile au plus haut point.

C'est l'avantage de la cocaïne. La coke vous donne l'impression d'avoir dix-sept ans. Elle vous donne l'impression de pouvoir grimper le mont Ventoux et d'en revenir juste après.

Je viens de faire de nouvelles analyses de sang. Je me retrouve dans le bureau du docteur Flaire. Il fait la grimace :

« Votre taux de triglycérides a très peu baissé, mon pauvre enfant.

— J'ai fait gaffe pourtant, doc.

— Ce n'est pas le problème. Ce n'est pas mathématique tout ça. Vous payez vingt ans d'excès, mon ami.

— Quoi faire ?

— Continuer votre régime et croiser les doigts. Cela ne coûte rien et ça peut être utile parfois de croiser les doigts. »

Chapitre 31

Mon avocat joue au golf dans son bureau. Je l'observe vautré dans un fauteuil en cuir. Il me dit :

« Aucune nouvelle de ces enculés, Nicolas. Ils font les morts.

— Et ça veut dire quoi ?

— Tout et rien. Soit ils préparent un coup, soit ils n'ont pas de couilles. Et vous voulez mon avis ?

— Avec plaisir.

— Ils n'ont pas la moindre paire de couilles ! Leur dossier est vide et ils ont la queue basse. »

Je vais prendre un café. J'ai la gorge sèche. Et si mon avocat se trompait ? Et si la partie adverse était en train de préparer le coup du siècle ? Je tente de me remémorer comment j'en suis arrivé là. Certes, j'étais défoncé pendant la nuit où Félix est venu, mais ça n'excuse rien. J'aurais très bien pu joindre Guido au matin en lui disant que je n'avais pas réussi à pondre ces fameuses vingt pages supplémentaires. Un livre qui fait cent quatre-vingts pages au lieu de deux cents, ça dérange qui, franchement ?

Je m'installe sur un banc au bord de la Seine. Un SDF somnole à quelques mètres de moi. Qu'est-ce qui me distingue de lui ? Une feuille de papier à cigarette ? Une famille qui me permet de me maintenir la tête hors de l'eau, mais sinon ? Peut-être qu'il avait une vie avant ça. Un emploi, une amoureuse, un toit, une famille. Je me rapproche de lui. Je lui murmure :

« Tu sais, je n'ai pas l'air, mais moi aussi, je suis à un euro près.

— Moi, je suis à vingt centimes d'euros près. »

Je lui donne une cigarette et une pièce de deux euros. C'est la canicule dans Paris. La chaleur m'accable le dos. Je rentre chez moi. Des mites ont envahi mon appartement. Il y a un couple en visite qui discute dans la salle de bains. Dans la cuisine, je demande à l'agent immobilier :

« Est-ce qu'enfant vous rêviez de faire ce métier-là ?

— Non. Enfant, je rêvais de devenir joueur de foot. Et puis je me suis cassé le tibia et j'ai trouvé autre chose à faire. »

On en est tous là, à ne jamais réaliser ses rêves de gosse.

Chapitre 32

Je regarde ma petite sœur en train de faire faire les devoirs d'anglais à mon fils. Une fois Hippolyte couché, nous prenons une tisane dans le salon. Je lui annonce la triste nouvelle.

« Et c'est qui, ce connard, qui te demande du fric ?

— Tu ne m'en veux pas ?

— Non.

— Tu n'es pas déçue ?

— Certainement pas. Moi, je sais que tu es un grand écrivain. Ce n'est pas vingt pages de merde qui vont changer l'affaire. »

Je la serre fort dans mes bras. Elle me dit :

« Tu sais, physiquement, tu vieillis. Mais ton écriture est restée jeune, alerte et révoltée. Allez, ouvre-moi une bouteille de blanc que je puisse fêter ça !

— Fêter quoi ?

— Que tu m'aies dit la vérité ! C'est tellement rare. »

Elle boit sa bouteille de blanc et nous rions en évoquant nos bêtises d'enfance. Lorsque nous organisions des boums pour notre baby-sitter. Lorsqu'elle avait décidé de devenir une mauvaise élève, parce que j'étais un mauvais élève.

Lorsque nous étions en pleine montagne dans cette petite boîte de nuit le soir où Gainsbourg était mort et que, pour fêter ça, le directeur avait offert de la vodka à volonté jusqu'à l'aube. Notre père était venu nous chercher et, au lieu de nous engueuler, il avait picolé avec nous.

Et puis ce soir de Noël, où elle était descendue de sa chambre alors que toute la famille était déjà à table pour nous annoncer, à l'âge de seize ans, qu'elle avait un fiancé, qu'elle faisait l'amour avec lui, qu'il dormait dans la tribune de football du village et qu'il y avait deux solutions : soit elle allait le rejoindre pour vivre avec lui, soit il venait vivre avec nous. Mon père est allé faire un tour dans le jardin. Je suis allé chercher le prénommé Sébastien dans sa tribune. Il était orphelin. Il a vécu six ans chez nous. Parce que ma petite sœur n'est pas du genre à faire les choses à moitié.

Chapitre 33

Ma Patricia Clash,

Encore aujourd'hui, je tiens à toi comme à la prunelle de mes yeux. Je me souviens de tout: *En aparté*, *Un café l'addition*, *Comme on nous parle*, *A'live* et j'en passe, et de la meilleure des folies créatives. Ce qui me manque le plus? Ton flegme à toute épreuve, ta révolte permanente contre toute sorte de supérieur hiérarchique, ta façon, le matin, d'écouter la radio et d'éplucher la presse en silence.

Et puis, les mojitos en plage de Nice. Je me souviens très bien d'un soir où je t'avais observée jouer au ballon avec un gosse. Tu étais heureuse, ce soir-là. Tu venais de recevoir un coup de fil que tu n'attendais plus. Et puis, ton expression lorsque tu avais mal dormi. Tu disais toujours : « Je n'ai pas réussi à accrocher le sommeil, cette fois-ci. » Je me souviens de ta main tremblante qui se cramponnait à la mienne lorsqu'on prenait l'avion. Je me souviens de la première de *Comme on nous parle* où tu avais invité Michel Rocard. Quelques secondes avant le début, tu m'avais tenu la main et tu m'avais dit en souriant : « C'est toi qui trembles, à présent. »

Ma Patricia, comme tu as dû m'en vouloir pour faire tout ce que tu as fait contre moi. Comme j'ai pu te décevoir sur ce coup-là. Je ne sais pas si un jour tu trouveras la force de me pardonner. En tout cas, je veux que tu saches que je n'oublierai jamais tout ce que tu as fait pour moi. Je me souviens, dans les jours où j'étais au plus mal, juste avant mon hospitalisation, je t'avais demandé ce que je devais faire. Et tu avais eu le courage de me répondre cette phrase dingue :

« Ou tu te tires une balle dans la bouche maintenant ou tu files en cure, mais cet entre-deux devient vraiment pathétique. »

Je crois que c'est cette phrase qui fut le véritable déclic. Et chaque vendredi, je sortais de la clinique pour faire *Un café, l'addition*. Et je n'arrivais tellement à rien que c'était Pierre Pochard, notre rédacteur en chef, qui me soufflait quoi dire dans l'oreillette.

Patricia, quoi qu'il arrive, je te garderai dans mon cœur bien au chaud, là où j'ai placé les quelques personnes qui ont valu la peine dans mon existence.

Chapitre 34

Je suis alcoolique abstinent depuis onze ans. Et j'y pense tous les jours. Et j'ai envie de boire tous les jours. Mais il m'est interdit de boire juste quelques verres. Il y a dans mon cerveau une sorte de disque dur au nom de « neurotransmetteurs », qui se souvient exactement de ce que je buvais au plus haut de ce que je buvais. Donc, l'équation est simple. Si je rebois, je rechute en l'espace de quelques jours au plus haut de ce que je buvais. En revanche, c'est une expérience bien étrange que de voir les autres picoler. Le premier verre les calme. Le deuxième les place à un point d'équilibre tout à fait charmant. Le troisième les enchante. Le quatrième les enivre un peu. Le cinquième leur apporte de la joie.

Et toi, tu restes là, sur le banc de touche. Toi, tu n'as pas le droit de jouer. Alors, il faut accepter leur tape sur l'épaule, leur blague lourde et leur rire gras. Parfois même, ils te reprochent de ne pas être assez « euphorique ». Que répondre à ça ? Que tu les envies ? Que tu les méprises ? Les deux peut-être. Souvent, on te reproche d'être un bonnet de nuit. Comment lutter ? Combien de fois j'ai rêvé de me planquer dans la cuisine et de m'enfiler de longues gorgées de whisky ? Pourquoi je ne le fais pas ? Pour mon fils. Je me dois de rester vivant, même si je ne lui suis pas très utile en ce moment. Si un jour mon fils a besoin de moi, je refuse qu'il se retrouve devant une épave ou une pierre tombale.

Si un jour, Joséphine me quitte, est-ce que je vais me remettre à boire ? Non. Je la décevrais trop sur ce coup-là. S'il existe un truc que je déteste au monde, c'est décevoir Joséphine. Si un jour, Joséphine me quitte, je garderai le silence. Le silence dans ces cas-là, c'est la moindre des politesses. J'obligerai juste mon fils à l'embrasser dans les cheveux. Et puis, j'attendrai qu'un jour, peut-être, elle me rappelle. Qu'elle me propose d'aller prendre un café. Alors, oui, j'irai prendre un café avec Joséphine.

Et ce café vaudra tous les armagnacs du monde.

Chapitre 35

Depuis quatre ans, je fais des lectures à la Maison de la Poésie tous les mardis. Je suis accompagné d'un guitariste: Mathieu S. Ce jeune homme est devenu mon ami. C'est un ami qui ne connaît pas le mensonge. Il prône l'amour multiple. Il a vingt-deux ans. Il vote Mélenchon et se balade les pieds nus sur scène. Mathieu est connecté aux nouvelles technologies. Il a un compte YouTube, un compte Facebook, un compte twitter. Il a gagné *Nouvelle Star* sur M6. Lorsque nous jouons et qu'il me sourit avec ses grands yeux clairs, j'oublie tout. J'oublie mon mal de dos, mon mal de ventre, mon mal de tête.

Mathieu a eu un grand chagrin d'amour et il n'arrive pas à s'en remettre. La fille s'appelle Faustine. Elle l'a quitté pour l'un de ses amis. Mathieu l'appelle « le crevard ». Ce type a un prénom, mais je ne m'en souviens plus. C'est depuis cette séparation que Mathieu prône l'amour multiple. Il dit que c'est pour être libre. Moi, je pense juste qu'il ne veut plus souffrir.

Un mardi, j'arrive dans la loge et je découvre Mathieu avec une petite mine :

« J'ai de nouveau fait la connerie d'aller sur le Facebook de Faustine. Cette salope a encore mis une photo du crevard sur son compte, ça me rend dingue, Nicolas.

— Mathieu, vous êtes séparés. Elle fait ce qu'elle veut.

— Non. Elle fait ça pour me faire souffrir.

— Tu crois vraiment ?

— Tu vois une autre possibilité ? »

Je vois plein d'autres possibilités, mais je n'ose pas lui dire. Il est trop fragile, Mathieu, pour entendre ce genre de choses. Lorsqu'il chante, la qualité de silence est au-dessus de la moyenne. Il a ce don pour mettre tout le monde d'accord avec sa voix et sa musique. Il n'empêche. Je ne m'en fais pas trop pour lui. Il a compris l'essentiel. À savoir qu'il faut transcender ses souffrances pour en faire des chansons. Et puis, il possède un avantage par rapport aux autres. Il est désarmant. C'est un truc très rare et très injuste, que très peu de gens possèdent. C'est un don qui ne se travaille pas que celui d'être désarmant. On l'a ou on ne l'a pas. C'est tout. Les choses s'arrêtent ici. Il va s'en sortir.

Et c'est bien fait pour Faustine et l'autre crevard.

Chapitre 36

Je n'ose pas imaginer la promotion de *Dos au mur*: « Alors, Nicolas Rey, vous avez écrit une dizaine de romans et on ne se souviendra que de ce récit. Vous ressentez quoi ? » Je ressens que je t'emmerde profondément, mon cher journaliste. Il fallait que je le fasse. Il fallait que je mette mes tripes sur la table. Ce n'est pas joli à regarder, et alors ? C'est ma vie. Mon erreur. Oui, j'ai été un menteur toute ma vie. Pourquoi ? Je n'en sais rien. Il a toujours fallu que je mente, même lorsque ce n'était pas la peine. Parfois, même moi, je ne sais plus si c'est la vérité que je raconte, ou un mensonge amélioré.

Mon existence a été un long parcours d'affabulateur. Au collège, je modifiais mes bulletins scolaires. Au lycée, j'ai triché en passant mon bac. Je n'ai jamais mis les pieds en prépa HEC que mon père a payée une fortune. À la place, j'écoutais *Rien à cirer* sur France Inter, j'achetais *Libération* et j'allais au ciné-club du coin.

Une fois devenu écrivain, j'ai toujours menti sur le nombre d'exemplaires que j'ai vendu. C'est plus fort que moi. Longtemps, aussi, j'ai menti sur mon âge. Je disais que j'étais plus jeune que je ne l'étais en réalité. C'était pour impressionner les autres. Pour épater la galerie.

Je faisais croire aussi que mon père était riche et qu'il me donnait beaucoup d'argent. Je trafiquais le métier de mes parents.

Mon père, directeur commercial, devenait architecte. Ma mère, institutrice en maternelle, devenait agrégée de philosophie.

Aujourd'hui, je n'ai plus honte de mes parents. Je suis fier de ce qu'ils sont, de ce qu'ils ont fait et de ce qu'ils m'ont apporté. Mon père a trimé toute sa vie comme un malade pour que nous ne manquions de rien. Ma mère nous a élevés de façon remarquable, ma sœur et moi. En fait, j'ai menti pour rien. Les gens m'auraient aimé de la même façon. Je me souviens d'un soir où mes parents sont venus écouter ma lecture. À la fin du spectacle, je les évoque. Ma voix a commencé à trembler. Les larmes me sont montées aux yeux. Tout revenait à la surface. J'étais noyé par le chagrin. J'avais bien de la peine de leur en avoir fait autant.

Chapitre 37

Conférence à la Fnac Montparnasse. Je tremble. J'ai peur qu'un sniper fou ne prenne la parole et ne dise : « Ce livre n'est pas de vous, monsieur Rey ! » Heureusement, pendant le dialogue avec le journaliste, rien ne se passe. Place aux questions. Mon cœur s'emballe. Mais les questions passent et rien n'arrive. Ensuite, les gens font la queue pour la dédicace. Tout se déroule à merveille. Arrive une femme de cinquante ans à la voix rocailleuse. Elle me dit :

« C'est pour Félix Ponte.

— …

— Je crois qu'il le mérite bien, non ?

— On va dire que si. Enfin, c'est ce que pense son avocat.

— C'est ce que je pense aussi. À très bientôt, monsieur Rey.

— Au plaisir, madame. Madame comment déjà ?

— Madame Ponte.

— Au plaisir, madame Ponte. »

J'ai les jambes qui tremblent. J'ai envie de boire un lac de vodka en entier. Je demande à mon éditrice de m'appeler un taxi sur-le-champ. Je m'enfile deux Xanax en arrivant chez moi. J'appelle mon avocat. Je lui explique ce qui vient de m'arriver. Il me rassure avec son vocabulaire bien à lui :

« C'est une minuscule provocation de mes couilles. Je vous dis qu'ils n'ont rien dans le froc. Alors il ramène la daronne pour vous faire flipper. Minuscule pénis, je vous dis. Minuscule pénis. »

Je raccroche, mais je ne suis pas totalement rassuré. Je téléphone à Marie L. Elle me calme aussi :

« Ne t'inquiète pas, Nicolas. L'affaire est en train de se tasser. Et puis, notre service juridique est excellent. Concentre-toi plutôt sur ton futur récit. J'ai confiance en toi. Je sais que tu peux nous sortir quelque chose de formidable. »

Chapitre 38

Mon fils m'a remplacé par sa tablette numérique. Quel est le monstre qui a inventé cet engin-là ? Depuis qu'Hippolyte possède cette tablette, il ne me regarde plus, il ne m'écoute plus, il fait comme si je n'existais pas. Il est comme hypnotisé par ce rectangle multicolore. Il ne rigole plus avec moi, mais avec sa tablette. Du coup, je regarde les chaînes info. J'ai toujours eu un faible pour les chaînes info. Toutes ces catastrophes qui reviennent tous les quarts d'heure présentées par des femmes au style impeccable, ça me rassure.

C'est horrible à dire, mais la guerre en Irak, les massacres en Syrie et les attentats un peu partout me font du bien. Je songe qu'on n'est pas mal en France, dans ce pays presque civilisé. Je m'imagine être né en Irak parmi les bombes, orphelin à l'âge de cinq ans. Étant donné ma flemme et la faiblesse de mes défenses immunitaires, je n'aurais pas résisté longtemps.

À vingt et une heures, mon fils décide d'aller se coucher. Je n'ai jamais besoin de le rappeler à l'ordre. C'est un être raisonnable, vous n'imaginez même pas. À douze ans, il me dit qu'il a besoin de ses heures de sommeil pour être opérationnel le lendemain matin. Il doit tenir ça de sa mère sans doute. Lorsqu'il est sous sa couette, il me demande de venir lui dire bonne nuit.

Alors, c'est un petit moment de régal pour ma triste personne. Je m'allonge à côté de lui.

Il me tourne le dos et je le serre tout contre moi. Cette histoire d'appartement commence à l'angoisser pas mal. Hier soir, il m'a dit :

« Mais après tout ça, papa, on va habiter où ?

— Ne t'inquiète pas, fiston, je vais trouver un super endroit.

— Si, je m'inquiète.

— Il ne faut pas.

— Est-ce que j'aurai ma chambre ?

— Probablement, mon garçon. »

Je l'embrasse dans le cou et le laisse s'endormir. Je sais très bien que je n'aurai pas l'argent pour, dans ma nouvelle location, offrir une chambre à Hippolyte. On va dire que c'est un mensonge supplémentaire.

Chapitre 39

Depuis quelques jours, je reçois des lettres anonymes avec toujours la même phrase : « Les enfants qui mentent n'iront pas au paradis. » C'est le titre de mon précédent roman, mais aujourd'hui je sais très bien ce que cette phrase signifie. Je déjeune avec mon avocat pour lui montrer le courrier en question. Il commande un triple Jack Daniel's en apéritif et jette un œil fixe sur les lettres. Il me dit :

« Ils ne vont pas me faire chier la bite trop longtemps, ces petits merdeux. Ce qu'ils font, ça porte un nom et ça s'appelle du harcèlement moral. Et si ça continue, c'est nous qui allons les attaquer en justice. »

Il commande une bouteille de Brouilly et me regarde avec ma Badoit. Il remarque :

« Tu ne bois pas trop pour un écrivain.

— Je ne bois plus depuis onze ans.

— Merde.

— Comme tu dis.

— Et comment tu fais pour supporter tout ça sans alcool ?

— Je fais comme je peux. Je fais au jour le jour. »

Mon avocat s'est enfilé son tartare de bœuf en trois coups de fourchette. Visiblement, il aime la vitesse et la viande crue.

Pour lui, la vie ressemble à un jeu de massacre où justes et assassins purgent la même peine. Il me dit souvent : « L'inconvénient avec la morale, c'est que c'est toujours celle des autres. » Il fait son métier comme d'autres jouent au poker. Parfois, il est capable de faire tapis sans la moindre paire de cartes. Il s'enivre pour éviter les sanglantes mathématiques de notre destinée. C'est un enfant terrible qui voit la réalité comme elle l'arrange. Il se débrouille avec la vérité. Il fait en sorte qu'elle soit toujours de son côté. Je comprends à merveille ce genre de personnage.

Chapitre 40

Je vais au cinéma avec Joséphine. En sortant du film, elle me tient le bras et me dit : « Tu sais Nicolas, j'ai peur que notre histoire te fasse souffrir par la suite. » Je lui réponds : « C'est mon problème, Joséphine. Pour l'instant, je suis comme avec un flipper sublime qui m'offre des parties supplémentaires. Alors laisse-moi les jouer, s'il te plaît. »

Je la raccompagne jusqu'à chez elle. Je la serre dans mes bras et remonte la rue Caulaincourt jusqu'à chez moi. Ce qui me manquera le plus chez elle ? Sa façon de raconter des histoires, son sourire bienveillant. Et puis, les corrections que nous faisions sur son manuscrit. Parce que

Joséphine a écrit un livre formidable. Alors nous étions là, l'un à côté de l'autre, à lire son texte en alternance. À discuter d'une scène ou d'une ellipse.

J'aime la regarder lire ou faire la cuisine. Joséphine avait le don de faire une salade formidable alors qu'elle n'avait rien dans ses placards. De toute ma vie, je ne l'ai jamais vue de mauvaise humeur. Elle ne connaît pas l'insulte, ni la colère.

Je veux qu'elle garde de moi le souvenir d'un type bien qui a pu lui être utile dans les moments délicats. Bien sûr, j'aimerais mourir le plus tard possible, mais j'aimerais mourir avant que Joséphine ne me quitte. Ainsi, je garderai en tête qu'elle m'aura aimé toute sa vie. Et ma mort n'en sera que plus belle.

Un jour, j'aimerais l'emmener au fin fond du désert. Pour l'avoir rien qu'à moi. On regardera le soleil se lever en buvant du thé à la menthe. Je lui demanderai si elle veut m'épouser et elle ne répondra pas. Mais qu'importe. S'il y a une chance sur mille pour qu'elle dise oui, il faudra la tenter.

Un mariage avec Joséphine, je l'imagine dans une petite chapelle du Luberon. Elle arrive au bras de son père, tout de blanc vêtue. Le prêtre me demandera de l'aimer quelles que soient les circonstances, mais c'est déjà fait. Ensuite, il y aura un vin d'honneur dans un jardin sauvage. Parce que Joséphine aime les coquelicots.

Et parce que moi, j'aime ce qu'aime Joséphine.

Chapitre 41

Je suis à France Inter pour la promotion du livre et du spectacle. Mathieu m'accompagne. À la fin de l'émission, je crois reconnaître quelqu'un au bout du couloir. Félix Ponte. Mon sang se glace. Je vais le croiser. Je vais croiser le diable. Je vais croiser l'enfer. Je ne réponds plus de rien. Arrivé face à lui, je le chope par le pull et le coince contre le mur. J'articule :

« Pourquoi tu m'as fait ça ?

— C'était mes textes. Je voulais les garder.

— Pourquoi ne pas me l'avoir dit avant ?

— C'était la nuit. J'étais défoncé. Je voulais me rendre utile.

— Tu sais ce que je vis à cause de toi ?

— J'imagine. »

On ne se quitte pas des yeux. Je lui dis « Dégage » et il s'en va. Je tente d'imaginer ce qu'il veut. De l'argent? De la reconnaissance? Les deux? Une main se pose sur mon épaule. C'est Mathieu. Il était resté à l'écart de tout ça. Il me dit :

« Tout va bien, Nicolas ?

— Non. Il faut que je te raconte. C'est une longue histoire.

— Inutile de me la raconter. Je la connais, ton histoire.

— ...

— Ta sœur me l'a racontée. Notre manager me l'a racontée. Beaucoup de gens me l'ont racontée.

— Tu me rassures, tu n'imagines même pas.

— On s'en tape, Nicolas. Cela ne change en rien ce que tu es. »

Mathieu me sourit avec ses doux yeux bleu clair. Il me réconforte. Il serait capable de réconforter n'importe qui, Mathieu, avec un sourire comme le sien. Nous quittons France Inter. Dans le taxi, il tente de me convertir à l'amour multiple :

« Tu devrais essayer, Nicolas. Comme ça, si un jour Joséphine te quitte, tu pourras tenir le coup.

— Je n'ai pas envie qu'elle me quitte, Mathieu. Mais alors, vraiment pas. »

Chapitre 42

Lorsque j'étais en cure et que mes parents me rendaient visite, ils se comportaient de façon différente tous les deux. Ma mère me demandait quel traitement je suivais, quels médicaments je prenais, combien de fois par jour je voyais le psychiatre et d'autres choses d'ordre médical. Mon père arrivait avec du chocolat, des compotes, des cigarettes, de la presse et des DVD. Il trouvait toujours le moyen d'aller voir l'infirmière pour lui demander si je ne manquais de rien.

Nous n'avions pas grand-chose à nous dire, alors je leur racontais des histoires sur les autres patients pour les divertir un peu. Je me souviens surtout d'une chose. À chaque fois, avant de partir, mon père me tenait longtemps la main. Il me regardait d'un regard triste, mais qui se voulait plein d'espoir. Il me disait :

« Je suis sûr que tu vas tenir le coup, mon poussin. Hein, tu vas tenir le coup ?

— Oui papa, je vais tenir le coup.

— Tu vas voir, cette fois-ci, c'est la bonne. Je suis certain que c'est la bonne.

— Je le pense aussi.

— On t'aime, tu sais.

— Je vous aime aussi.

— Si tu as le moindre coup de cafard, tu sais que tu peux nous appeler quand tu veux.

— Je sais, mon papa. »

Ils sortaient de ma chambre et je mangeais leur chocolat avec le cœur lourd. Je me demandais ce qu'avaient bien pu faire mes parents pour mériter un tel fils. Je leur avais offert le grand chelem des cures de désintoxication : alcool, cocaïne, codéine, et à plusieurs reprises pour les deux dernières. Je les imaginais discuter avec leurs amis : « Alors, comment va Nicolas ? » « Pas très bien. Il est en cure une fois de plus. » J'imagine le sourire navré de leurs camarades. Que dire après ça ? Que les choses vont s'arranger ? Combien de fois ont-ils cru que les choses allaient s'arranger ? Et puis la rechute à chaque fois. Irrécupérable, on appelle ça.

Chapitre 43

Plagiaire n'est pas un joli mot. Plagiaire, c'est juste un type à bout de forces qui ne trouve que cette solution pour s'en sortir. J'écris pour redorer le blason des plagiaires du monde entier. Levez la tête, mes amis. Vous n'êtes plus seuls. Bientôt, nous serons des centaines à sortir du bois. Je pense à Joseph et je pense à tous les autres. Combien de fois la Bible a-t-elle été plagiée ?

Hier soir, Guido m'a appris que maître Dupont-Moretti en personne avait appelé Andréa Martin pour prendre la défense de Félix Ponte. Mais la directrice de ma maison d'édition n'a pas bronché. C'est une Calamity Jane qui refuse le chantage et sait se tenir dans l'adversité.

Je prends un café avec Marie L., mon éditrice. Elle me demande :

« Je pourrais en savoir plus sur ce récit, Nicolas ?

— Oui, Marie. C'est un récit sans bouée de sauvetage ni fonds de tiroirs. Cette fois-ci, je vide mon sac. Je plonge en apnée. Je m'enfonce. Je raconte le meilleur comme le pire et le pire comme le meilleur. Je retire mon masque, tu comprends ?

— J'aimerais tant. »

Je n'ai pas le droit de la décevoir une fois de plus. J'ai déjà déçu tellement de gens dans ma vie. Il faut mettre un terme à tout ça. Il n'est pas trop tard pour commencer un nouveau destin.

Si ça se trouve, je vais mourir à quatre-vingt-dix ans, tué d'un coup de revolver tiré par un mari jaloux ! Trêve de plaisanterie. Je me dois de poursuivre ce récit. Continuer à raconter l'impardonnable. Il y a justement dans la Bible une phrase qui dit : « Si tu vois ton frère pécher, couvre-le du manteau de ton amour. » Voilà ce que j'aimerais. C'est un rêve fou, mais j'aimerais qu'il se réalise. J'aimerais que les gens me couvrent du manteau de leur amour.

J'aimerais qu'ils comprennent que je ne voulais blesser personne. Et s'il faut payer, je payerai. Mon avocat pour commencer et les autres aussi.

Je ne veux plus avoir de dettes. Je veux vivre une existence nouvelle.

Une existence où je pourrais dire à mon fils : « Ne baisse pas les yeux. Regarde qui est ton père et sois fier de lui. »

Chapitre 44

Ce matin, mon imprimante m'a tué. Des mois que je ne m'étais pas servi d'elle. Et voilà que je veux imprimer un billet de train. Un simple billet de train. Et vous savez ce qu'elle me sort ? La nouvelle de Félix Ponte en intégralité. On ne peut pas inventer ce genre de truc. J'ai tout fait pour l'arrêter. Elle ne répondait plus à rien. Elle était devenue comme réfractaire à toute forme de manipulation. Elle a imprimé la nouvelle jusqu'à la dernière page. J'appelle mon avocat pour lui raconter ma mésaventure. Il me répond :

« Tout doux, mon garçon. Je ne peux pas attaquer ton imprimante pour harcèlement moral ! Il faut te raisonner. Je suis capable des pires choses dans ce métier. D'ailleurs, j'en suis fier et je le revendique, mais une imprimante, franchement, Nicolas.

— Ils ont peut-être infiltré mon ordinateur.

— On n'a pas à faire au FBI, mais à une école maternelle, vous comprenez Nicolas ?

— Oui, maître. »

Je vais prendre un verre avec ma sœur pour me changer les idées. Je trouve qu'elle boit beaucoup en ce moment. Mais qui suis-je pour lui faire la leçon ? Il y a pire que l'injustice, c'est la justice. Je ne supporte plus les gens justes, équilibrés, bien dans leurs pompes. J'aime les gens fêlés, à côté de la plaque, en train de se noyer sans même s'en rendre compte. Je me sens proche de cette famille-là. Les braves personnes, je m'en tape. J'aime quelqu'un lorsqu'il y a quelque chose qui cloche chez lui. J'aime ceux qui se bouffent les ongles, qui ont peur des pigeons, qui ferment les yeux sous les tunnels.

Voilà pourquoi j'aime malgré tout Félix Ponte. Ce type est un fêlé de première, un fêlé dans les grandes largeurs. Je ne peux pas lui en vouloir complètement. C'est une crapule qui a réussi à se faire plaindre et j'aime les crapules. Peut-être qu'un jour nous fêterons cela en prenant quelques grammes de bolivienne. Je suis incapable d'en vouloir aux gens très longtemps. C'est ce qui fait ma force et mon pire défaut.

Chapitre 45

D'aussi loin que je m'en souvienne, j'ai toujours préféré la nuit au jour. Enfant, j'écoutais RTL dans mon lit avec Max et ses routiers jusqu'au petit jour. J'aimais cette sensation d'ivresse, en classe, que me procurait l'absence de sommeil. Et puis les fêtes sont arrivées. Je les commençais le lundi soir jusqu'au dimanche suivant. Avec l'ivresse, j'avais la sensation de faire des rencontres formidables, des pactes d'amitié à tout jamais et des déclarations d'amour, le whisky aidant, d'une véritable sincérité. Ensuite l'écriture est arrivée. J'attendais que tout le monde soit couché pour commencer. Je me servais un verre de rhum avec des glaçons et du sucre de canne. J'écrivais jusqu'à l'aube.

La nuit me procurait comme un supplément d'existence que le jour ne me donnait jamais. La nuit me tenait chaud. Elle me protégeait des coups de fil de la réalité. Après ma première cure, j'ai passé quatre ans sans pouvoir écrire la moindre ligne. Je me posais toujours la question suivante : comment écrire sans alcool ? Je m'en sentais incapable. Et puis, de nouveau, la nuit est venue à ma rescousse. J'ai recommencé à écrire le soir venu, un thermos de café à mes pieds.

La nuit dépose toujours une couverture douce sur mes épaules. Bien sûr, les night-clubs me sont devenus insupportables. Le décalage est trop fort avec les autres.

À présent, le night-club me fait penser à cette phrase de Dostoïevski : « Je m'aperçus que je ne ressemblais à personne et que personne ne me ressemblait. Je suis seul tandis qu'eux ils sont tous, me disais-je. »

Mais j'aime marcher la nuit dans les rues de Paris. J'aime voir les amoureux qui s'embrassent sur un banc, les fêtards qui chantent faux, les copines qui se tiennent par le bras en débriefant leur soirée, les épiciers ouverts, la discrétion des clubs échangistes. Aujourd'hui que je ne fais plus partie du jeu, je regarde tout de même ce monde avec un œil tendre.

Mes nuits, à présent, je les passe à fumer des cigarettes en écoutant Johnny Cash et à tenter d'écrire une page qui vaille la peine. Une seule pour me faire pardonner de toutes les autres.

Chapitre 46

Je demande à mon père cinquante euros pour inviter Joséphine au restaurant. Il refuse. Il gueule. Il éructe. Je le déteste dans ces cas-là. Il me déteste dans ces cas-là. Il me dit : « Je vais l'appeler, Joséphine, pour lui dire que c'est moi qui te finance intégralement depuis deux années. » Je lui rétorque de ne pas se donner cette peine. Ma mère tente de le calmer, mais rien n'y fait. Il poursuit : « Tu réalises que ta mère et moi on se prive de tout depuis des mois pour que tu survives ? »

Mon père est un nerveux, un vif, un sanguin. Il ne peut pas prendre la route sans engueuler un automobiliste. Il me reproche de fumer trop, de picorer tout le temps, de boire tout le temps du café, de ne m'intéresser qu'à moi. Il me reproche d'être ce que je suis.

Il faut dire aussi. J'ai quarante-quatre ans et je vis à ses dépens. Cela doit rendre nerveux au bout d'un certain temps. Lorsque je n'écris pas, je dors vingt heures sur vingt-quatre. Le reste du temps, je regarde des DVD. On peut dire que ça l'agace un peu, forcément. La paresse a toujours été mon point fort. J'adore ne rien foutre. J'ai ça dans la peau. Lorsque j'écris, je n'ai pas l'impression de travailler. J'ai l'impression de lancer une bouteille à la mer, de choquer la terre entière, de créer un monde, de transmettre des choses interdites.

Je vais devoir mentir à Joséphine. Je l'appelle et j'improvise un article que je dois rendre en urgence pour un journal. Lequel ? me demande Joséphine. *L'Express*, je réponds. Je suis persuadé que Joséphine n'ira jamais ouvrir *L'Express,* pour tout l'or du monde. Il n'empêche. Je déteste mentir à Joséphine. J'ai l'impression de commettre un adultère en faisant ça.

Et si Joséphine ne m'aimait plus après avoir lu ce livre ? Si je l'avais trop déçue sur ce coup-là ? C'est un risque à prendre. Parce que, si un jour, Joséphine doit m'aimer, c'est avec toutes les casseroles que je me trimballe. Avec toute la boue de mon sale passé. Si Joséphine me serre dans ses bras après avoir lu ce bouquin, alors elle sera définitivement la femme de ma vie.

Chapitre 47

6 juillet 2017. Le recueil de nouvelles est sorti depuis deux mois et j'attends toujours l'instant fatidique. Pour patienter avant l'échafaud, j'arrive au festival d'Avignon. Joséphine doit venir me rejoindre le temps d'un week-end. Je demande un prêt en liquide de cinq cents euros à mon producteur. Ce fou accepte. Il sait qu'il ne les reverra jamais. Je réserve une chambre à mon amoureuse dans un palace à l'intérieur des remparts. Elle adore ce genre de surprise. Je dois jouer un mois, tous les soirs à 21 h 30, au théâtre de la Manufacture. Ces deux jours avec Joséphine ont été un moment de grâce et de rêve inespérés. Elle avait loué une voiture, parce

qu'elle souhaitait acheter une résidence secondaire dans le Luberon. La première visite fut la bonne. Coup de foudre immédiat de ma fée pour une petite bicoque dans un grand terrain. Elle imagine déjà tout : la piscine, les chalets et la roulotte. Un magnifique village surplombe la maison. Nous nous installons sur la terrasse d'un salon de thé pour savourer une tarte à la myrtille. Joséphine est heureuse comme jamais. Elle commence à faire des plans et à choisir les arbres qu'elle va planter. Je suis en train de vivre un instant de bonheur pur, total, absolu.

Nous rentrons à l'hôtel. Je prends une douche. Je sors en peignoir de la salle de bains. Elle est en culotte sur le lit. Je la respire tendrement sous les aisselles. Puis, je l'embrasse entre les cuisses en fermant les yeux. Elle me demande de ne pas la faire jouir tout de suite. Je remonte vers elle et lui lèche les seins.

Assez vite, nous commençons à nous caresser mutuellement. Notre plaisir se fait de plus en plus fort. Nous explosons dans des spasmes indescriptibles. Ensuite, elle cale sa tête contre mon épaule et je songe que la vie est une formidable invention.

Elle m'accompagne jusqu'au théâtre de la Manufacture. Nous retrouvons Mathieu, mon producteur Jean-Luc, mon régisseur Francesco et mon manager aussi génial que fêlé : Jérôme. Il faut savoir que Jérôme ne jure que sur la tête d'Allah, qu'il termine chacune de ses phrases avec Inch'Allah et que, pour lui, la terre entière est peuplée de mécréants auxquels il faudrait couper la tête pour qu'il y repousse des queues de serpents. Joséphine m'apprend qu'elle sera dans la salle pendant la représentation.

Dès le début du spectacle, je donne tout ce que j'ai. Je transpire comme un malade. Je ne joue que pour elle. Au bout de dix minutes, j'ai la chemise trempée et les cheveux qui dégoulinent. La sueur me brûle les yeux, mais je continue plus vite et plus fort que jamais. Rien ne pourrait m'arrêter. Pas même un 38 tonnes. À la fin de la représentation, je regarde une Joséphine folle de joie. À la buvette de la Manufacture, mon producteur prononce cette phrase : « Si elle était présente tous les soirs, on ferait Bercy au mois de septembre… »

Chapitre 48

Mon manager, Jérôme S., a quarante-huit ans. Il a un gros ventre et un début d'ulcère. Il fume de la beuh du matin jusqu'au soir. Il a choisi une villa pour que nous logions tous à dix minutes d'Avignon. Dès le deuxième jour, il a renvoyé le type qui nous apportait à manger, sous prétexte que c'était imbouffable. Il a décidé de prendre lui-même les choses en main. Lui qui n'avait mangé que des pizzas et des Bolino durant toute son existence. À la surprise générale, Jérôme S. se révèle être un grand cuisinier. Pendant toute la durée du festival, il nous a régalés de couscous, de tomates farcies, de salades grecques et j'en oublie. Jérôme dort, la tête du côté de la

Mecque, et salue tout le monde le matin d'un *Salam Aleykoum.*

Vous connaissez déjà Mathieu S., mon chanteur et guitariste adepte du multiple amour. Eh bien, sachez qu'à Avignon, Mathieu est resté fidèle à sa légende. Pour multiplier les amours, on peut dire qu'il a multiplié les amours ! Notre archange aux pieds fourchus a d'abord commencé par une mineure, fille d'une grande comédienne. Notre jeune homme au petit cul sec et nerveux a poursuivi par la séduction d'une douce serveuse prénommée Mathilde. Il a conclu en beauté avec l'attachée de presse de notre maison de production, la blonde Lydie, laquelle a craqué pour son ventre plat et ses grands yeux bleus. Bien sûr, après tout cela, dans les loges, Mathieu vous avoue que cela ne change rien et qu'il a toujours dans la peau cette vilaine Faustine qui lui a brisé le cœur.

Place à Francesco Papaleo, mon régisseur, mon Italien, mon cœur d'élite et ma formidable découverte. Francesco : premier levé, dernier couché. Rien n'aurait été possible sans son incroyable générosité. Vérifier les lumières pour le spectacle, déposer à la dernière minute quelqu'un à la gare TGV, trouver une recharge pour mon vieux BlackBerry, notre homme, sous-payé, a été de toutes les tâches et de tous les combats.

Que dire de notre producteur Jean-Luc ? Hormis que, pour un hétérosexuel, il est très féminin et qu'il se rase la bite ? Il y aurait, bien sûr, beaucoup plus de choses à dire sur Jean-Luc et sur toute cette aventure.

Chapitre 49

Un soir, à Avignon, dans les jardins de la Manufacture, je me retrouve à côté d'une fille un peu folle de la SACD. Elle me parle avec humour de son fils qui a une maladie génétique, de son chien, de son ancien mari qui était le producteur des Strokes et de l'immense chapelle franc-maçonne dans laquelle elle vit pendant la durée du festival. Elle me propose une visite de cette chapelle. J'accepte. Étant donné son sens de l'orientation insondable, nous marchons une bonne heure avant de trouver l'endroit. Je pense à Joséphine. Je n'ai encore rien fait, mais j'ai déjà l'impression de faire quelque chose de mal. Elle me fait visiter d'immenses pièces à la hauteur de plafond plus qu'impressionnante. Nous allons boire un verre sur le toit. Elle met sa main dans la mienne. Je me laisse faire. J'ai le cœur serré.

Et puis, elle me propose de dormir ici. Je ne réponds rien. Elle m'accompagne dans sa chambre. Je l'informe que je ronfle énormément. Elle me rétorque qu'elle aussi. Elle s'allonge sur le lit. Elle me demande de venir vers elle. Je m'assois et lui caresse les cheveux. Je lui dis :

« Je vais partir. Je suis désolé. Mais je suis tellement amoureux d'une fille que je ne peux faire rien d'autre que de m'en aller. Il ne faut pas m'en vouloir. Je n'y suis pour rien. Je l'ai dans la peau, c'est tout. Plus tu me parles, plus je pense à elle. Je suis incapable de t'embrasser et encore moins de bander et encore moins de te faire l'amour.

— On n'a qu'à dormir sans rien faire.

— Non. Même ça, j'aurais l'impression de la tromper.

— T'es chiant.

— Je sais. »

Je me suis retrouvé dans la nuit d'Avignon seul et libre comme jamais. J'ai marché pendant plus d'une heure avant de trouver un taxi. Une fois dans la villa, j'ai retrouvé Jérôme en train de fumer un pétard dans la cuisine. Il m'a demandé ce que ça faisait lorsque deux Gremlins se rencontraient. Je ne me suis pas transformé en Gremlin, j'ai répondu. Je suis resté en type amoureux de Joséphine.

Chapitre 50

L'expérience de la fille de la SACD m'a ouvert les yeux. Et si j'étais une femme canon ? Une de celles que tous les yeux attirent. Une de celles que l'on accoste quotidiennement. Toutes les dix minutes, un compliment, une demande de téléphone portable. Comment je pourrais vivre ce harcèlement en permanence ?

Quitte à être considéré comme de la viande fraîche et ruiné comme je le suis, je crois que je demanderais de l'argent en échange. L'acte effectué, je demanderais au type de me laisser un billet de cinq cents pour nourrir ma petite fille que son père a abandonnée.

Mais le pire dans tout cela, c'est le regard et le discours des hommes lorsqu'ils vous chassent. Leurs phrases tant de fois murmurées. Leur faux silence en attente d'une grande histoire d'amour malgré tout. Alors qu'ils ne désirent qu'une seule chose : votre cul.

Ils le désirent comme une victoire, comme un graal absolu. Ils ne comprennent rien au doux plaisir de la séduction. Moi, je m'en tape. Je fermerais les yeux lorsqu'il s'essoufflerait contre moi. Ensuite, j'aurais mes cinq cents euros et je pourrais inviter Joséphine dans un grand hôtel. Si je suis une femme, Joséphine sera un homme. Elle va s'appeler José. Et ça aussi, je m'en tape. Parce que je sucerai José comme personne n'aura jamais sucé José.

Il me léchera et je le laisserai m'enculer aussi longtemps qu'il le voudra. Bien sûr, j'aurai un peu mal au début. Mais avoir mal pour José est déjà le début d'un grand plaisir. Au fur et à mesure, mon anus va se dilater et j'oublierai tout : ma pudeur, ma réserve et ma timidité.

Joséphine éjaculera dans mes fesses en poussant un cri rauque. Ensuite, à bout de souffle, il s'allongera sur le côté du lit pour reprendre ses esprits. Je lui caresserai le dos avec précaution. « T'es une fille incroyable », me murmurera-t-elle. « Toi aussi, Joséphine, comme mec, tu n'es pas mal du tout. »

Chapitre 51

Ah, j'oubliais, Frank Alpito, mon avocat, mon motard fou, mon dévoreur de tartare invétéré, est venu me voir avec sa femme, Stéphanie, au théâtre de la Manufacture. Stéphanie est un être adorable et est tatouée de la tête aux pieds. Au sortir du spectacle, je n'ai pas reconnu Frank Alpito. Il avait les yeux rouges et m'a offert un sourire qui contenait toute la tendresse du monde. Il m'a serré longtemps dans ses bras. Il m'a murmuré : « Tu m'as fait chialer, petit con. Il y a tout dans ton texte, l'amour d'un homme pour sa femme, l'amour d'un père pour son fils et l'amour tout court… »

Pendant que Stéphanie est allée nous chercher à boire, il a articulé : « Tu vois, ma femme n'avait vraiment pas le moral avant de venir. Mais alors vraiment pas. Et maintenant, elle sourit. C'est assez génial comme métier, d'arriver à faire sourire les gens qui ne vont pas bien. »

Ensuite, Frank Alpito est redevenu lui-même : « Mon cher Nicolas, je le portais déjà pas des masses dans mon cœur, ce Félix Ponte. Mais après ce que j'ai vu, ce n'est pas te défendre que je vais faire, c'est le bouffer tout cru en commençant par ses amygdales. Il va en chier de douleur et je lui ferai bouffer sa merde. Ensuite, je vais arracher ses testicules avec mes incisives et je mâcherai son gland avec mes belles molaires, c'est tout ce que mérite ce mec. »

Je l'ai regardé partir dans le soir de cette nuit d'été. Et je me suis demandé quelle sorte de Frank je préférais.

Le clair ou l'obscur ? Le tendre ou le violent ? L'amoureux ou le bandit ? J'ai réalisé qu'au bout du compte j'aimais les deux, que c'était comme la réalité, avec ses injustices et ses vérités. Voilà. Il fallait prendre Frank Alpito comme il était. Avec sa vulgarité, sa tendresse, ses contradictions, ses incohérences, ses paradoxes et ses contrastes. Il fallait aimer Frank comme on aimait la vie. Pour son absurdité.

Chapitre 52

Il y a tant de choses qui me distinguent de Joséphine. Par exemple, je suis quelqu'un de totalement pragmatique qui ne croit qu'aux médicaments. Elle croit aux voyants, aux esprits, au spiritisme. Lorsqu'elle pratique le yoga, elle a parfois l'impression de sortir de son corps et de devenir une sorte de pendule au-dessus de la terre. Quiconque me tiendrait le même discours n'aurait droit qu'à mon ironie. Pas Joséphine. Joséphine, je l'écoute, je tente de la comprendre, je fais corps avec ses récits.

La dernière fois, elle est allée voir une amie qui soignait par les pierres. À la fin de la séance, la femme lui a donné une pierre qu'elle devait garder sur elle et frotter dans sa paume de main quelques fois par jour. Elle lui en a également offert une autre pour un être cher. Le soir où Joséphine m'a raconté son expérience, elle m'a confié cette seconde pierre à la fin de son histoire.

Je sais d'avance ce que vous allez dire : que je suis débile de croire en ce truc de charlatan, mais je m'en tape. C'est un cadeau de Joséphine et un cadeau de Joséphine, c'est plus précieux que tout l'or du monde. Alors, oui, je conserve dans ma poche cette pierre et je la caresse plusieurs fois par jour. En faisant cela, je pense à mon fils, à ma sœur, à ma mère, à mon père et à Joséphine bien sûr, tout le temps.

Joséphine m'a déjà demandé si elle pouvait lire les soixante premières pages de mon récit sur Word. J'ai refusé.

Je veux qu'elle reçoive ce livre intégralement. Ce n'est pas un risque que je veux prendre. C'est juste que je suis mort de trouille. C'est juste que j'ai envie de dire : « Encore quelques minutes, monsieur le bourreau. » Je veux qu'elle sache le plus tard possible que je suis un plagiaire, un type ruiné et un menteur de la pire espèce. Pire : que j'ai passé toute ma vie à être un menteur de la pire espèce.

Chapitre 53

J'ai découvert dans une autobiographie sur Sagan qu'elle avait été accusée, à juste titre, de plagiat. Les avocats de sa maison d'édition avaient étouffé l'affaire. Quoi ? Pardon ? Sagan ? Ma Sagan ? Celle qui écrivait que l'automne était roux, celle qui écrivait comme personne, celle qui est mon idole absolue ! Alors, à présent que l'affaire Félix Ponte est en train de fondre littéralement, de tomber dans la vaste fosse commune des faits divers inconnus, pourquoi je me flagelle en remettant ça sur la table ? Parce qu'il faut bien que quelqu'un le fasse, parce que c'est une question d'honneur, « honneur », ce mot dont je me suis tellement moqué, ce mot que j'ai piétiné tant de fois.

Parce que je veux regarder dans les yeux mon éditrice, Marie L., en lui disant : « Tu vois, je te l'avais promis, je l'ai fait. » Parce que je veux que mon père me dise : « C'est bien, mon fils. Pour une fois, tu as dit la vérité. » Parce que je veux que, plus tard, mon fils me dise : « C'est bien, papa. Pour une fois, tu as dit la vérité. »

Et puis, c'est pour rendre hommage à une histoire que m'a racontée Joséphine. Ça se passe à Bali, entre un vieux sage et un touriste sarcastique. Le vieux sage demande au touriste de faire deux choses. La première consiste à rechercher sur Google tout ce qui concerne le mot : « placebo ». La seconde consiste à franchir le col d'une montagne. Ils se donnent rendez-vous dans une semaine. Le touriste commence sa recherche sur le placebo. Il est fasciné par certaines études américaines. En revanche, il n'est pas très chaud pour franchir à pied le col de cette immense montagne. Il commence à chercher des mensonges ou des excuses qu'il pourra raconter au sage. Lorsqu'ils se retrouvent, le touriste commence à raconter tout ce qu'il a découvert sur le placebo. Et la montagne ? lui demande le vieux sage. Pris de court, le touriste répond juste : « Je n'ai pas eu la force d'y aller. » Et là, le vieux sage lui rétorque directement : « Cela fait quoi de dire simplement la vérité ? Vous ne trouvez pas que l'on gagne un temps fou et que l'on se sent beaucoup mieux après ? »

Voilà la raison pour laquelle j'écris ce livre. Parce qu'on gagne un temps fou et que l'on se sent beaucoup mieux après. J'écris ce livre, parce que Joséphine est la première personne à laquelle je ne veux plus mentir.

Chapitre 54

Hier matin, ce cher Guido au téléphone :

« Il va falloir que l'on parle de ton récit, Nicolas.

— Pourquoi ?

— Pour rien. Pour en parler, c'est tout. »

Non, mon cher Guido ! Je refuse de parler de ce récit avec toi comme avec quelqu'un d'autre. Ce livre, vieux pélican, c'est mon âme, mon bébé, ma chose, mon sang, mon journal intime, la chair de ma chair. Je refuse que l'on m'indique quoi faire, que l'on me propose des pistes, que l'on me conseille un truc. Ce livre, c'est un cri. Un coup de poker. C'est à prendre ou à laisser. Et c'est à prendre avec toutes ses imperfections, ses redondances, ses maladresses. Je n'écris pas ce bouquin pour décrocher un prix ou un article dans le *Magazine littéraire*. Cette fois-ci, je refuse de m'interdire quoi que ce soit, je refuse de me censurer ne serait-ce que d'un millimètre. Je veux que ça claque, mon vieux Guido, je veux que ça décoiffe ce qu'il te reste de cheveux, je ne veux plus mourir à petit feu, Guido, je veux ouvrir les fenêtres en grand, je veux que l'on respire enfin ! Je veux du vent. Je veux que ça souffle. Je veux que l'on respire pour de vrai. Je veux un grand bol d'air pur. Je veux devenir un réveil au coin du lit. Je veux réveiller le monde, mon vieux Guido. Je veux me redresser et me mettre à marcher debout, la tête haute et le menton en avant. Je veux que la terre entière me suive, Guido. Je veux que le type qui crève d'envie d'aller dire à une fille qu'il l'aime, mais qui n'ose pas, eh bien je veux que ce type y aille enfin. Je veux le droit à la contradiction. Je veux voir des hommes porter des robes et avoir le droit de tomber amoureux de leur cousine. Je veux des dessins animés pour adultes, le droit de chanter faux et l'amour dans des cimetières. Je veux que ça bouge. Je veux que même la mort devienne vivante. Je veux que mes parents s'aiment encore. Je veux que ma sœur fasse un bébé. Je veux que Joséphine me demande de lui faire un enfant. Oh ça oui ! Je veux que Joséphine me demande de lui faire un enfant.

Chapitre 55

Je suis dans le bureau de la directrice de ma maison d'édition : Andréa Martin. Elle porte des bas et des bottines en cuir rouge. Elle est assise derrière son bureau avec les jambes écartées. Elle me dit :

« Vous seriez prêt à quoi pour mille euros ?

— À beaucoup de choses, même avec une femme de soixante-cinq ans.

— Vous saviez que dans certains clubs, on m'appelle Maîtresse Andréa ?

— Alors permettez-moi de vous appeler Maîtresse Andréa.

— Attention. Vous prenez des risques.

— Pour mille euros, je suis prêt à prendre beaucoup de risques.

— Commencez par vous mettre à quatre pattes, à aboyer comme un petit chien et à ramper jusqu'à moi. »

Je me suis exécuté. Mon manque d'argent me conduit tout droit vers la prostitution. Une fois que j'étais arrivé sous son bureau, elle m'a caressé les cheveux en me qualifiant de « brave petite bête », puis elle s'est mise à me serrer très fort la nuque en la plaquant sur sa culotte. J'étais presque en train d'étouffer. Elle a écarté son string et m'a ordonné de « la bouffer totalement. »

Ensuite, elle m'a fessé jusqu'au sang avec une cravache qu'elle a sortie d'un long tiroir. Après l'épreuve, j'ai préféré rester debout tant j'avais mal aux fesses.

Elle m'a donné mes mille euros en liquide en me signalant que le début de mon récit n'était pas mal du tout à de nombreuses corrections près, à voir avec son service juridique.

Je suis sorti fou de joie. J'ai appelé Joséphine en lui demandant d'annuler ce qu'elle avait prévu pour ce soir. J'ai réservé une belle table à la Tour d'argent. Je suis passé la prendre dans une longue berline noire. On fête quoi ? elle me demande. On fête notre non-anniversaire, mon amoureuse ! Fini les pizzas ! C'était magnifique de voir Joséphine se régaler à ce point. À la fin du repas, elle a fait un truc ultra touchant. Elle a demandé au serveur de lui faire un doggy bag, parce qu'elle n'avait pas terminé son dessert. Elle est comme ça, Joséphine. C'est une fille mesurée qui ne gâche rien et qui aime la vie sans la moindre addiction et dans tous ses moindres détails.

Chapitre 56

Ma banque, la Société Générale, cette pute, a clôturé mon compte. La Société Générale n'a aucune pitié pour les faibles, pour les gens dans le besoin. La Société Générale est une ordure qui s'empiffre de fric toutes les minutes. Ma seule façon de gagner de l'argent demeure le black. Je suis tombé du côté des moches, des sans grades, des petits, des invisibles. Je trouve un job de serveur payé en liquide dans un bar nommé « La Palette » en plein 6e arrondissement. Le patron me demande si j'ai déjà exercé ce métier-là. Je rétorque un « bien sûr » qui m'étonne moi-même. Alors il me demande d'aller chez le coiffeur, de me raser ma barbe de trois jours et de me tenir droit. Le soir, ma sœur me coupe les cheveux. Il n'y a plus de petites économies. Je me pointe à la Palette aux alentours de quatorze heures pour mon premier service. Dès le début, c'est la catastrophe. Je casse des verres. Je renverse un pichet de vin sur un client. Je me brûle en apportant les plats chauds. J'oublie les commandes et je ne parle pas un mot d'anglais.

Vers dix-huit heures, je sers une table de jeunes trentenaires. L'un d'eux m'interpelle : « Vous ne seriez pas Nicolas Rey, l'écrivain ?

— Non, mais on me l'a déjà dit.

— C'est incroyable. Même la voix. Vous avez la même voix que lui.

— Je m'appelle Gabriel Salin, monsieur. Et je vous garantis que j'ai ma propre personnalité. »

La table est partie en me laissant un pourboire de cinquante euros. Je l'ai fourré en douce dans ma poche. À deux heures du matin, le patron m'a proposé deux solutions. Soit il me payait le peu qu'il me devait, mais je devais intégralement rembourser tout ce que j'avais cassé, soit nous nous quittions bons amis. J'ai opté pour la seconde option. J'avais cinquante euros dans ma poche. Cela me permettait d'inviter Joséphine le lendemain soir dans une bonne pizzeria.

Chapitre 57

Depuis trente ans, la famille Rey s'est trouvé un refuge dans une petite station de sports d'hiver: Pralognan-la-Vanoise. Mon père a même acheté un appartement au cœur du village. Mais voilà que la mairie demande quarante mille euros par propriétaire pour refaire l'intégralité de l'immeuble. Sur quarante-cinq personnes, mon père est le seul à prendre la parole lors de l'assemblée générale: « Mes chers élus, mes chers voleurs, vous voulez transformer notre immeuble intitulé le Chasse-forêt. Alors que les vrais problèmes du Chasse-forêt ne sont pas là, bande d'abrutis. Le principal problème du Chasse-forêt, c'est d'être dans une station de montagne et que cette mode est en train de passer au profit de séjours au soleil, à la mer, ou pour des week-ends à la campagne destinés aux budgets des familles qui souffrent de la crise. Et ça, le Chasse-forêt n'y est pour rien. Que les pistes lassent les bons skieurs et qu'ils souhaitent progresser après le chasse-neige, eh bien ça non plus, le Chasse-forêt n'y est pas pour grand-chose. La météo et la neige depuis plusieurs années font des caprices. Qu'est-ce vient foutre le Chasse-forêt là-dedans ?

La vérité de ce village, mes chers incapables élus, c'est que je représente quarante-cinq propriétaires que la crise tient par la gorge, des propriétaires qui ne possèdent pas le début de quarante mille euros pour payer quoi que ce soit. Ces propriétaires ne sont pas concernés par l'impôt sur les grandes fortunes.

Ce sont des petits épargnants qui ont acheté leur rêve de montagne dans le courant des années 1990. Ils font des randonnées l'été, parce que c'est le sport qui demande le moins d'argent possible. Voilà. Ils aiment la nature autant que vous aimez le pognon.

Alors peut-être que vous êtes quinze et que je suis tout seul. Peut-être que mon combat est perdu d'avance. Mais je refuse de voir mes voisins vendre leur appartement sans rien faire. C'est une question de réflexe. Une question de savoir-vivre.

Chapitre 58

L'anniversaire d'Hippolyte approche et je n'ai pas de quoi lui acheter le moindre cadeau. Je fixe le plafond de ma chambre comme si la thune allait me tomber dessus. Je repense aux belles années, au temps de l'insouciance, lorsque je l'emmenais une fois par mois à Eurodisney et que je lui offrais une connerie à cinquante euros tous les jours.

On sonne à ma porte. C'est ma sœur qui débarque. Une frangine en nage avec les joues toutes rouges. Elle me demande un verre de vin blanc. Je m'exécute. Elle sort d'un grand sac un maillot du Paris Saint-Germain floqué du joueur brésilien Neymar. Je la regarde, interloqué. Elle répond : « J'ai galéré pour trouver ça. Tu n'auras qu'à lui offrir ce week-end. Je suis sûre que ça lui fera plaisir. »

Je sais qu'un tel truc coûte une fortune et que ma sœur n'a pas un rond. Alors quoi ? Ce n'est pas seulement pour le petit qu'elle se sacrifie. Elle agit de la sorte pour que mon fils puisse avoir une bonne image de son père. Elle veut que je m'en sorte. Elle me tend la main. Elle me sort la tête hors de l'eau une fois de plus. Elle sait que je suis incapable de la rembourser. Elle s'en tape. Elle veut que je tienne le coup encore un peu.

Je lui dis :

« T'as pas à faire ça, Émilie.

— Je sais. Mais je le fais quand même.

— Je ne suis pas à la hauteur de ta générosité.

— Si. À ta façon. Tu ne me juges jamais. Tu m'écoutes. C'est déjà beaucoup. »

Ma sœur termine son vin blanc en deux gorgées et m'annonce qu'elle a un verre à prendre entre copines et qu'elle est déjà en retard. Elle part aussi vite qu'elle est arrivée. Sans que j'aie le temps de la remercier, ni de lui dire à quel point je l'aime.

Chapitre 59

Je prends un verre avec Mathieu S. Je devine qu'il a quelque chose à m'annoncer, mais qu'il n'ose pas :

« Crache ta Valda, Mathieu.

— Je suis amoureux de ta sœur, Nicolas.

— Je te fous sur la gueule tout de suite ou j'attends cinq minutes ?

— J'ai mis fin à l'amour multiple. C'est elle que je veux et personne d'autre.

— Et comment tu comptes la faire vivre avec ton salaire de saltimbanque ?

— Je suis sûr que mon deuxième album va faire un carton.

— De nombreux artistes ont été sûrs que leur deuxième album allait faire un carton.

— …

— Excuse-moi, je ne voulais pas dire ça. Mais je m'inquiète, tu comprends ?

— Il faut croire en moi, Nicolas. Si toi tu n'y crois pas, qui croira en moi ?

— Et Émilie, elle en pense quoi ?

— C'est là que j'ai besoin que tu interviennes.

— …

— Tu dois lui faire comprendre à quel point je suis un type exceptionnel et que l'on peut compter sur moi.

— Mathieu, tu es peut-être un type exceptionnel, mais on ne peut pas compter sur toi.

— …

— Tu es dans la lune en permanence. Tu es incapable d'arriver à l'heure à un rendez-vous. Et pire que tout, tu ne peux pas terminer une phrase.

— Bon, enfin oui, disons que…

— Disons que quoi ! Disons que terminer une phrase t'est impossible. C'est charmant au début, mais insupportable sur la fin. Est-ce qu'elle t'aime au moins ?

— Je crois que oui.

— Alors on n'est pas dans la merde. »

J'ai regardé longuement Mathieu. Je me suis demandé à quoi bon faire un livre qui raconte toute la vérité quand la réalité dépasse à ce point la fiction.

Chapitre 60

Lorsque je suis tombé amoureux de Marion, la mère de mon fils, j'ai été comme Mathieu S. J'étais convaincu d'aimer Marion jusqu'à la fin du monde. Et puis, le temps a passé. J'ai commencé par de légers flirts ponctués par de petits mensonges. Et puis j'ai couché avec une autre fille sans rien avouer de ma double vie. Elle s'appelait Bénédicte. Elle était chrétienne et photographe. Je l'ai invitée dans un relais-château le temps d'un week-end. Je n'ai pas du tout profité de ces deux journées. C'est le problème majeur du menteur. Le menteur culpabilise. Lorsqu'il est sur sa maîtresse, il se reproche de tromper sa femme. Lorsqu'il est sur sa femme, il se reproche d'avoir planté sa maîtresse.

En amour, la vie d'un menteur ressemble à un long chemin peuplé de frayeur, de honte et d'embûches. Le menteur doit toujours garder son portable avec lui et le mettre sur silencieux. Il doit se planquer dans les chiottes pour envoyer des SMS désastreux.

Lorsqu'il rentre chez lui à deux heures du matin, tout est encore possible. Il se cale sans faire de bruit contre le dos de sa femme qui fait si bien semblant de dormir. Hélas, on connaît la suite. Lorsque le menteur rentre à six heures du matin et que plus aucune excuse n'est possible.

Bien sûr, le menteur peut toujours tenter un : « J'étais bourré. J'ai préféré dormir chez un copain. » Mais les dés sont jetés et le couperet vient de tomber.

Marion a supporté pendant plus de huit ans tous mes mensonges et toutes mes tromperies. À la fin, lorsque j'ai décidé d'aller en cure de désintoxication, elle n'a rien dit. Ma cure a duré trois mois. La dernière semaine, je l'ai appelée pour lui annoncer mon retour. Elle m'a répondu calmement qu'elle ne serait plus là. Qu'elle partait avec le petit. Je lui ai dit de garder l'appartement, que j'allais me trouver un deux-pièces quelque part dans le quartier. C'était la moindre des choses que je puisse faire.

Chapitre 61

J'ai triché aux cartes, j'ai triché à tous les jeux de société du monde, j'ai triché au bac, j'ai triché en passant mon permis de conduire. J'ai triché de façon totalement originale en passant mon permis de conduire. Pas le code. Le code, j'ai juste pompé sur mon voisin. Mais pour la conduite, c'est différent. J'avais réalisé que j'avais l'alcool tout à fait prudent. L'alcool me faisait conduire avec assurance et me faisait réaliser des créneaux à la perfection. Je me suis donc envoyé une bouteille de vin avant l'examen. Et l'examen s'est déroulé parfaitement bien.

J'ai triché sur mon âge des centaines de fois, j'ai trafiqué mon CV à n'en plus finir : un jour, j'avais fait l'ESSEC, le lendemain une grande école de journalisme, le surlendemain, j'étais agrégé de lettres modernes. J'ai triché sur mon adresse. J'ai triché sur mon signe astrologique. J'ai triché pour tout et pour pas grand-chose.

Aujourd'hui, je suis incapable de dire pourquoi j'ai triché autant. Pour mettre un peu de sel sur mon existence ? Pour pimenter un peu mon terne quotidien ? Je ne me comprends pas. C'est tellement plus simple de ne pas mentir. Si vous saviez la mémoire qu'il faut pour être un bon tricheur !

On est toujours sur le qui-vive, à avoir la trouille de se mélanger les pinceaux, à ne pas savoir de quel côté on va se faire prendre.

Ce plagiat sonne la fin de mon dernier mensonge. On peut tout ranger. La mascarade est terminée. On va pouvoir vivre enfin. Vivre et respirer. Fini ma tête où mon cerveau inventera une histoire pour me tirer d'un sale coup. Je vais pouvoir dire ce que j'ai sur le cœur. Je vais pouvoir dire à Patricia qu'elle me manque vraiment. Je vais pouvoir dire à Joséphine que je l'aime d'un amour total, franc, massif, absolu.

Chapitre 62

Coup de fil en pleine nuit. C'est ma sœur. Je décroche. Je peux passer ? Elle demande. Bien sûr, je réponds. Elle débarque avec un petit sac de pharmacie. Je lui propose un café. Elle rétorque qu'elle préfère un grand verre de blanc. Elle commence :

« Je te préviens, tu vas pas aimer.

— Pourquoi tu dis ça ?

— Parce que je suis amoureuse de Mathieu.

— Et alors ?

— Et alors on baise sans capote.

— Et alors ?

— Et alors j'ai deux semaines de retard. »

Elle sort de son sac un petit test de grossesse. Elle dit :

« J'avais pas le cœur de le faire toute seule.

— Tu as bien fait de venir. »

Elle file dans les toilettes. J'ai le cœur qui s'accélère. J'ai l'impression que ça dure une heure. Elle sort enfin en secouant la petite tige blanche. Elle dit : « J'ai l'impression que tu vas devenir tonton, mon Nicolas. »

Je la serre dans mes bras. Je lui dis : « Tu vas voir, je serai un oncle formidable. » Je sais déjà que ma sœur va garder l'enfant. Pas seulement parce qu'elle a quarante ans. Pas seulement parce qu'elle est amoureuse de Mathieu.

Mais parce qu'elle l'a décidé et que lorsque ma sœur décide quelque chose, il est impossible de l'arrêter.

Je vais prendre soin d'elle. Je vais la chérir pendant ces neuf mois. Je vais supporter ses trouilles, ses nausées et sa mauvaise humeur. Je serai là pour l'accouchement. Cet enfant, je l'aime déjà.

Dans la soirée, elle me raconte la première fois avec Mathieu et leurs vingt ans d'écart : « Je me souviens de notre premier baiser. Du goût de ses lèvres. De son visage d'ange. Il a commencé à ôter mes vêtements avec lenteur et créativité. Il s'est allongé sur le canapé, s'est déshabillé seul tout en me regardant.

Moi, j'étais vulnérable et à moitié nue. Je le regardais faire, sans rien dire. Son corps. Comment avais-je pu penser qu'il paraissait trop jeune lors de notre première rencontre ? À le voir ainsi devant moi, retirer ses vêtements un à un avec une assurance déconcertante, tout en me fixant du regard, c'est moi qui avais l'impression d'être plus jeune que lui, une débutante, une novice. Il avait un million d'années et moi, je venais de naître. »

Chapitre 63

Repas de famille un dimanche à la campagne. Nous sommes cinq. Il y a mes parents, ma sœur, Mathieu et ma belle personne. D'entrée, je porte un toast: « Je lève mon verre à l'enfant roi!» « Quel enfant roi? » demande mon père. Ma sœur articule:

« Celui que je vais avoir avec Mathieu.

— Pardon Émilie, mais ta mère et moi on a sans doute loupé un épisode.

— Vous n'avez rien loupé du tout papa. Mathieu et moi, nous nous aimons et je suis enceinte de lui.

— …

— Je sais, nous avons vingt ans d'écart. Je sais, nous gagnons très peu d'argent. Mais c'est ainsi. Nous voulons cet enfant.

— Et lorsqu'il va te larguer dans cinq ans pour une plus jeune ?

— Alors ça aura été les cinq années les plus belles de toute mon existence. »

Mon père a commencé à faire ce qu'il sait faire de mieux : éructer. Mieux, éructer, la bave aux lèvres. Comme quoi, il ne faudrait pas compter sur eux pour s'occuper de cet enfant, comme quoi, il avait assez donné avec Hippolyte, comme quoi, chanteur n'était pas un métier, comme quoi, on les faisait tous chier avec cette histoire de gosse. Il est allé dans son bureau en claquant la porte.

Je suis allé le rejoindre. Je lui ai dit :

« Papa, je te jure que c'est bien ce que nous sommes en train de vivre.

— Un menteur qui jure comme toi, ça me fait doucement rigoler.

— Je suis devenu un menteur qui dit la vérité.

— …

— Tu vas voir. Tu ne vas pas pouvoir t'empêcher de l'adorer. La vie va être magnifique avec ce nouvel enfant. »

Chapitre 64

Rendez-vous chez mon psychiatre, le docteur Ostermayer. Il commence :

« Pourquoi avez-vous passé votre vie à mentir, monsieur Rey ?

— Je ne sais pas. Pour embellir la réalité.

— La réalité n'a pas besoin d'être embellie. Elle est belle comme elle est, vous savez.

— Non, je ne le sais pas. Par exemple, adolescent, je préférais dire à une fille que je vivais à Paris rue Monsieur-le-Prince qu'au fin fond de la brousse normande. Je trouvais ça plus joli, vous comprenez ?

— La Normandie possède son charme.

— Pas quand on a dix-sept ans.

— À partir de quand mentir est-il devenu un réflexe chez vous ?

— Très tôt. Dès l'enfance. Je m'inventais de bonnes notes que je n'avais pas.

— Quoi d'autre ?

— Je trafiquais mes carnets de correspondance, j'allais boire des bières en faisant croire à ma mère que j'étais en cours d'anglais.

— Vous avez bu tôt ?

— Très tôt. L'alcool aide au mensonge, vous savez.

— À partir de quand vos mensonges se sont-ils accentués au point de devenir une véritable schizophrénie ?

— Au début de mes études secondaires. Mes parents me payaient une école de commerce alors que je n'y mettais jamais les pieds. Je me réveillais vers onze heures trente. J'écoutais *Rien à cirer* sur France Inter. J'allais prendre un café en lisant *Libération*. Et puis j'allais au ciné-club de mon quartier. Ensuite j'allais dans un bar et la nuit pouvait commencer.

— Quelle sorte de nuit ?

— La fête, docteur. La fête jusqu'à l'aube, évidemment. »

Chapitre 65

Ce que j'aimais dans la fête ? C'est que le mensonge y était roi. La nuit, c'est le royaume des tricheurs. Les garçons ont tous un premier roman qui va être publié chez Gallimard ou un film en production. Les filles sont à deux doigts de décrocher le prochain rôle dans le nouveau long-métrage de Xavier Dolan. Et alors ? C'est faux ? On se moque que ce soit faux. La nuit est peuplée de fils de grande famille, de fils de pute, d'orphelins, de pauvres bougres. Mais cette nuit, tout le monde est heureux. Cette nuit, tout le monde y croit pour de vrai.

Cette nuit, on danse collés, les uns contre les autres. Cette nuit, on embrasse qui on veut. Cette nuit, on prend un rail et on lèche une jolie fille dans les toilettes. Cette nuit, il y a un type de Canal + qui te jure de t'embaucher. Cette nuit, on danse sur les tables au son de *We are the world.* Cette nuit, chacun possède un passé trafiqué, un présent incertain et un futur improbable.

À l'aube, on se réfugie dans l'appartement d'un grand écrivain. Nos fringues sont trempées de sueur. On se déshabille. L'écrivain allume un feu de cheminée. Il neige dehors. L'écrivain nous apporte des couvertures. Nous sommes une dizaine autour du feu. À sniffer. À s'embrasser. À boire. À se masturber. On continue à se mentir. Une fille nous annonce qu'elle a un casting demain matin, mais qu'elle n'ira pas. Nous faisons tous semblant de la croire.

C'est une fête qui ne veut pas mourir. Alors on s'accroche comme on peut. On se serre les uns contre les autres comme une portée de petits chats. Des garçons embrassent des garçons. Des filles embrassent des filles. Un jeune type s'allonge sur une jeune femme. Tout le petit groupe les regarde en train de faire l'amour tendrement.

C'est une fête où le mensonge est roi. C'est la nuit de la drogue et des tricheurs. Les personnes qui se lèvent tôt avec des projets pleins la tête ne sont pas admises. Pour vivre cela, il faut aimer la transgression et les jeux interdits.

Chapitre 66

Troisième mois de grossesse et première échographie importante d'Émilie. Je découvre que ce cher Mathieu ne sera pas là pour cause de session d'enregistrement. Je débarque chez Polydor. Je suis de très mauvaise humeur. Je pénètre dans le studio. Mathieu est en pleine chanson. Il me regarde comme un type qui viendrait de voir *Alien* pour la première fois. J'articule :

« Mathieu, tu retires ta guitare, tu prends ta paire de couilles et tu viens assister à la première échographie de ma petite sœur.

— Mais je l'avais prévenue que…

— Mathieu, cette façon de ne pas terminer tes phrases devient totalement fatigante alors tu bouges et vite, parce qu'un taxi nous attend. »

Dans le taxi, Mathieu me fait la gueule. Alors je pose la question à ne pas poser : « Tu le veux ce môme ou pas ?

— Bien sûr, mais…

— Mais quoi ? Termine tes phrases, bordel de merde.

— Mais j'ai ma carrière qui commence. Tout se joue maintenant. Il faut bien que je trouve de quoi le faire vivre ce gosse.

— Il va falloir que tu trouves de quoi l'aimer aussi. »

On arrive dans la salle d'attente du médecin. Émilie est folle de joie de voir son amoureux débarquer. Elle le serre dans ses bras. Elle lui dit : « Tu as pu te libérer finalement ? » « Oui, enfin, c'est que… » « C'est que oui, il a pu se libérer », je conclus pour gagner du temps.

Nous arrivons dans le cabinet du médecin. Assez vite, il nous informe que le bébé va bien et que c'est une fille. Je hurle de joie :

« Yes, je fais, enfin une fille qui va m'aimer toute sa vie ! Je serai un oncle magnifique, tu vas voir ! »

Mathieu est d'abord resté silencieux. Il avait les larmes aux yeux. Et puis, dans un souffle, il a murmuré à ma sœur : « Je vais lui composer de très belles chansons, je te le promets. » Lorsque Mathieu termine ses phrases, elles sont souvent très jolies.

Chapitre 67

À bien y réfléchir, c'est aux filles que j'ai menti le plus. Presque involontairement. J'étais dans une sorte de sincérité de l'instant. Lorsque je leur disais que j'allais les aimer toute ma vie, eh bien je le pensais au moment où je le disais. Le problème, c'est que moi, une histoire d'amour, je la menais dare-dare. J'étais la formule 1 des histoires d'amour. À peine la fille m'avait-elle donné son prénom que je m'imaginais, déjà, avec nos gosses, en train de les attendre au pied d'une piste de ski.

Le pire, c'est que je n'avais pas l'impression de mentir dans ces cas-là. Il suffisait que je fasse une promesse pour avoir la certitude de l'avoir déjà effectuée. J'avais besoin d'à peine une journée pour vivre les premiers regards, le mariage et la déchéance. Je vivais notre lune de miel au bout de quelques minutes. J'imaginais Venise, les gondoles et un lit immense où nous aurions fait l'amour pendant des heures.

Je tenais à m'excuser auprès de toutes ces filles auxquelles j'ai fait du mal. Pardon de vous avoir fait croire au grand amour l'espace de quelques heures. Pardon de ne pas avoir donné de nouvelles dès le jour d'après. Parce que le jour d'après, j'avais tout oublié, j'étais déjà passé à autre chose, à une autre femme, à une autre histoire à écrire en vingt-quatre heures.

Je me souviens même que, dès les premières heures, je vous parlais d'enfants. Je touchais votre ventre en faisant cela.

Je tentais de trouver des prénoms qui pouvaient nous convenir à tous les deux. Quel degré de folie avais-je atteint ?

Aujourd'hui, je regarde cet homme que je ne suis plus avec tendresse et dépit. J'éprouve de la tendresse pour son côté irrécupérable et du dépit pour le mal qu'il a pu commettre.

Chapitre 68

Je suis coupable d'avoir ruiné mon père.

Je suis coupable d'avoir volé un billet de cent euros dans le portefeuille de ma mère pour m'acheter de la cocaïne.

Je suis coupable de faire partie de la gauche caviar.

Je suis coupable de narcissisme.

Je suis coupable d'adorer défendre l'indéfendable.

Je suis coupable de ne pas supporter quand la vertu résiste au vice.

Je suis coupable de prendre du plaisir à voir quand c'est le bordel dans la vie des autres.

Je suis coupable de me résoudre à être un type bien jusqu'à 9 h 54 du matin.

Je suis coupable de feindre la sincérité.

Je suis coupable d'être le type le plus paresseux du monde.

Je suis coupable d'être capable de changer d'éditeur en cours de route.

Je suis coupable d'être orgueilleux jusqu'à l'autodénigrement.

Je suis coupable d'être un père indigne, lâche, inexistant.

Je suis coupable d'avoir toujours méprisé ma santé physique et mentale.

Je suis coupable de préférer regarder une série sur HBO plutôt que lire un bouquin.

Je suis coupable de détester les innocents. Dans les films comme dans la réalité.

Je suis coupable d'avoir toujours préféré les cancres aux cancérologues souriants.

Je suis coupable d'avoir plus de tendresse pour une promesse que l'on fait la nuit que pour un contrat que l'on signe la journée.

Je suis coupable d'aimer Joséphine par-dessus tout. Et d'être d'accord pour aller voir le diable, si cela pouvait la tirer d'affaire.

Chapitre 69

Je suis dans la loge avec Mathieu. Nous jouons dans quinze minutes. Il me demande, les yeux perdus sur sa guitare :

« Nicolas, pour être un bon père, on fait comment ?

— Mathieu ?

— Quoi ?

— Tu ne serais pas un peu malade de me demander ça à moi ?

— Pourquoi ?

— Mathieu, j'ai tout foiré de ce côté-là.

— Alors dis-moi ce qu'il ne faut pas faire.

— Évite de la tromper pendant sa grossesse. Les femmes ont un flair pas croyable dans ces moments-là. Tâche de ne pas trop t'éloigner d'elle, même si elle fait corps avec l'enfant. Ensuite, après l'accouchement, c'est le Space Mountain qui commence, mon pote. Les choses vont à dix mille à l'heure. Il faut t'accrocher. Il n'y a pas de livre, ni de conseil, et encore moins de recette. Alors, tu vas faire comme tout le monde.

— C'est-à-dire ?

— Tu vas apprendre sur le terrain. Tu vas flipper ta race à cause d'une simple bronchiolite. Tu seras prêt à donner un rein après trois jours de constipation. Au début, tu vas te réveiller toutes les dix minutes pour voir si elle respire toujours.

Et oui, miracle de la vie, Ducon, elle respire toujours. Très vite, je te sens bien capable de lui chanter des chansons pour toutes les raisons du monde.

— Nicolas, je…

— Tu quoi ? Termine ta phrase bordel !

— Je, enfin je…

— MATHIEU !!!

— Je lui ai déjà composé un petit truc. Tu veux l'écouter ?

— Je veux bien. »

Et alors, sortie de la gorge de Mathieu, la plus belle chanson qu'il m'ait jamais été donné d'entendre.

Chapitre 70

Je déjeune au Ritz avec Andréa Martin. Elle est d'humeur espiègle :

« Cette affaire de plagiat est bel et bien morte et enterrée, Nicolas. Ce n'est qu'un mauvais souvenir. Nos avocats ont fait du bon boulot !

— Vous m'en voyez ravi.

— Vous pouvez donc effacer tout ce qui concerne Félix Ponte de votre récit.

— Si je retire Félix, il n'y a plus de récit.

— Qu'importe, vous nous ferez un roman ! C'est joli, les romans ! Et puis, ce qui compte avant tout, c'est votre image et celle de la maison d'édition.

— Je me branle de mon image, Andréa.

— Je ne me branle pas de l'image de ma maison d'édition, Nicolas.

— Pourtant vous adorez vous branler ?

— Pas en toutes circonstances, jeune homme.

— On ne m'avait pas appelé jeune homme depuis des siècles, Andréa.

— Ce n'est pas un « jeune homme » de badinage. C'est un « jeune homme » pour vous montrer de quel côté se trouvent la force et le pouvoir. Ne jouez pas au con, Nicolas.

— Andréa, je vous trouve tout à fait bandante lorsque vous vous mettez en colère pour de vrai.

— …

— Je vais aux toilettes. Vous allez voir, les chiottes du Ritz sont très luxueuses. Vous m'y rejoindrez dans cinq minutes. Pour cinq cents euros, je vous offre la fessée de votre vie. Cela ne se refuse pas, avouez ? »

Je me suis levé et j'ai pris la direction des W.C. Elle est arrivée deux minutes plus tard avec un billet de cinq cents dans la bouche. J'ai retiré le biffeton et l'ai fourré dans ma poche. Elle a soulevé sa jupe. À la première claque, elle a soufflé : « Promettez-moi que vous allez me virer cette histoire de plagiat. » « C'est promis », ai-je répondu en pensant à toutes les maisons d'édition ravies à l'idée de publier cet impardonnable machin.

Chapitre 71

Il est six heures du matin. Cette nuit, mon fils a dormi chez moi. J'en profite pour le regarder pendant son sommeil. Ce qu'on est beau à douze ans. On possède encore certains traits de l'enfance et pas encore totalement ceux de l'adolescence. Je regarde ses cheveux. Je regarde ses yeux, son nez, son menton, sa bouche. Ce matin, mes parents l'emmènent à la campagne pour une semaine. Je n'entends pas arriver mon père derrière moi. Il murmure :

« Moi aussi, je faisais ça quand tu étais petit.

— Et alors, qu'est-ce que tu es devenu, papa ?

— Comment ça ?

— Un père qui n'appelle pas sa fille lorsque sa fille a besoin de lui ?

— C'est elle qui s'est barrée comme une folle, la dernière fois.

— Les hormones, papa. Les hormones. Tiens, tu viens de réveiller Hippolyte. »

Je suis dans la cuisine avec mon père. Nous préparons le petit déjeuner de mon fils. Il me dit que c'est à elle de l'appeler. Elle me maintient le contraire. Ces deux-là s'adorent, mais n'arrêtent pas de s'engueuler. Parfois, j'ai même l'impression qu'ils possèdent chacun un peu du même caractère. J'ai toujours entendu mon père ne jamais manquer d'éloges sur sa fille. Sur sa générosité, sur son métier de traductrice, sur son intelligence et son courage.

« C'est une fille qui sait se lever tôt » aime-t-il à répéter souvent. Pour mon père, une phrase comme celle-ci veut absolument tout dire. Mon père place cette phrase au-dessus de tout.

La guerre froide entre Émilie et papa commence à me gonfler sérieusement. « Est-ce qu'elle t'a demandé de mes nouvelles au moins? » me questionne mon père. « Papa, je fais, c'est elle qui attend un gosse, c'est à toi de demander de ses nouvelles. » Et puis, voyant que le truc n'allait jamais finir, j'ai pris mon portable et j'ai appelé ma sœur : « Émilie, j'ai fait, je te passe ton père. » J'ai coincé le téléphone dans la main de mon père et je suis sorti de la cuisine. Parfois, il faut croire aux vieilles publicités.

Parfois, le bonheur, c'est simple comme un coup de fil.

Chapitre 72

Puisque je dois tout vous dire, alors autant vraiment tout vous dire. Pendant mes onze années d'abstinence à l'alcool, j'ai fait une courte rechute. Cela s'est déroulé pendant le début de notre histoire d'amour avec Joséphine. À l'époque, c'est peu dire que j'avais vraiment tout pour être heureux. Nous fêtions la fin d'année à la montagne. Et j'ai recommencé à boire, connement, des petits shots de whisky au coin des comptoirs. Et puis j'ai acheté une bouteille que j'ai planquée dans le placard de notre chambre d'hôtel. Et puis, j'ai rechuté. Et puis, le démon est revenu. L'envie de boire dès le matin. L'envie tout le temps. L'envie partout.

Un soir, Joséphine m'a chopé en train de sortir la bouteille à moitié vide du placard. Et j'ai vu le monde qui s'écroulait sur son beau visage. Pourquoi ? Elle demandait. Pourquoi ? Et elle se tenait la tête comme pour s'extraire d'un mauvais rêve. Et qu'est-ce que je dois faire, moi, maintenant, Nicolas ? Tu ne dois pas dramatiser, Joséphine, je répondais comme un automate. Dès la fin de la semaine, je rentre à Paris et je me fais soigner. Ne t'inquiète pas, ce n'est pas si grave, la rechute est toujours possible dans ce genre de cas. En ce qui me concerne, je le réalise tôt et j'ai envie de m'en sortir.

Mais qu'est-ce que j'ai fait ? me demandait Joséphine. Est-ce que j'y suis pour quelque chose ? Et je répondais : « Non, mon amour, tu n'y es absolument pour rien. » Et je la serrais dans mes bras, mais elle était toute froide d'un seul coup.

Comme si quelque chose de définitif s'était un peu brisé en elle. Et je tentai de réchauffer tout ça, mais j'avais envie de boire, c'était horrible à quel point j'avais envie de boire.

De retour à Paris, je suis allé en cure immédiatement. Cette dernière n'a duré que trois semaines. Je m'en étais sorti à moindres frais. Hélas, il y avait toujours maintenant chez

Joséphine un petit voile dans ses yeux. Quelque chose d'indéfinissable. Quelque chose qui signait comme la fin d'une certaine innocence.

J'ai énormément fait souffrir Joséphine avant de réaliser qu'elle était la femme de ma vie. J'ai piétiné de mensonges notre belle histoire. J'ai gâché notre voyage à Vienne à cause d'une remarquable pneumonie. J'ai gâché tellement de choses avec Joséphine que me mettre à genoux devant elle pour lui demander pardon n'y changerait rien.

Chapitre 73

Jérôme S., notre manager, m'a donné rendez-vous sur la terrasse du café de Flore. Il marche vite et transpire beaucoup. J'adore ce type. Sa façon de nous aimer sans le montrer, sans rien en dire à personne. On n'est pas dans la merde, il a commencé. Faustine, le grand amour de Mathieu, Faustine, celle qui avait quitté notre artiste pour celui que nous appelions « le crevard », Faustine avait contacté Mathieu pour lui dire qu'elle l'aimait toujours et qu'elle était prête à repartir comme avant. Mathieu s'était confié à Jérôme pour lui dire qu'il ne savait pas quoi faire. Moi, je savais très bien quoi faire. D'abord, pulvériser cette gamine pour qu'elle revienne sur son choix. Ensuite, recadrer fermement ce cher Mathieu sur sa nouvelle vie. J'ai proposé à Jérôme de m'accompagner dans cette mission. Il a accepté avec une grande joie. Faustine était serveuse dans un bar branché des Halles. On a filé là-bas. On s'est assis dans un coin de la salle. Faustine est venue vers nous. Jérôme a articulé :

« Tu poses cinq minutes ton cul de mécréante sur cette chaise et tu nous écoutes.

— Je peux pas. Je suis en service.

— Je te conseille de t'asseoir quand même, sinon tu n'auras plus de boulot quoi qu'il arrive.

— Vous voulez me parler de quoi ?

— De Mathieu. Il est en couple et sa femme est enceinte.

— …

— Alors tu vas me faire le plaisir de remettre des photos de ton crevard de copain sur Facebook, d'appeler Mathieu et de lui dire que tu ne l'aimes plus.

— Et sinon ?

— Et sinon, tu veux faire un disque, c'est bien ça ?

— Oui.

— Alors si tu ne fais pas exactement ce que je te dis, moi, Jérôme S., le plus grand manager de Paris, je te grille dans ce charmant petit monde de la musique, tu n'imagines même pas. »

Un long silence s'est installé. J'ai ajouté : « Et moi, je te pète la gueule. Parce que l'amoureuse de Mathieu, c'est ma sœur. » Sur ce, Jérôme a balancé : « Je vais prendre un Pago fraise, s'il te plaît.

— Ce sera la même chose pour moi. »

Chapitre 74

Moi, je suis celui qui peut illuminer un plaidoyer pour le mensonge. D'abord parce que je le connais bien, mais pas seulement. Le mensonge aide à vivre ensemble. Imaginez un peu, si tous les gens se disaient tout le temps la vérité. Quelle catastrophe ce serait ! La femme simule l'orgasme ? Et alors ? Tant mieux pour les hommes et pour le reste de l'humanité. Après l'orgasme simulé de sa femme, le mari peut s'endormir la conscience tranquille et la certitude du devoir bien accompli.

Lorsque le cancre imite la signature de ses parents au bas de la punition qu'il doit rendre à la directrice de son école : cela dérange qui, franchement ? Lorsque la femme de votre vie a passé des heures à préparer un dîner dégueulasse, pourquoi ne pas lui dire que c'est délicieux ? Lorsque vous vous trouvez à la barre d'un tribunal, que vous jurez de dire la vérité et rien que la vérité, pourquoi ne pas mentir pour sauver de la prison votre meilleur ami ? Pourquoi ? Puisqu'on peut se moquer de tout sauf de l'amitié. Puisque l'amitié est le bien le plus rare, le plus précieux du système solaire ?

Le mensonge, mesdames et messieurs les jurés, est un don que nous a donné le ciel pour déposer un peu de baume sur les plaies de la vérité. Il faut regarder la réalité avec des lunettes de soleil. Sinon, on devient aveugle. Et ces lunettes de soleil s'appellent l'illusion.

Le mensonge nous donne une chance de nous inventer des mondes et de vivre hors du temps. C'est la raison pour laquelle les enfants sont des génies du mensonge. Ils sont capables de se créer des mondes comme personne ! Il faut les observer s'inventer des personnages bien vivants, des histoires entre les gentils et les méchants, des feuilletons incroyables, des aventures à rebondissements, des fables rocambolesques.

Dans ce livre où je raconte pour la première fois toute la vérité, je ne pouvais pas cacher ma vérité sur le mensonge. À savoir que le mensonge demeure l'une des inventions les plus merveilleuses qui soient.

Chapitre 75

J'ai pris le train jusqu'à Nîmes. Pendant le trajet, j'ai lu le manuscrit que m'avait confié Joséphine. Le manuscrit s'intitule *L'homme du métro*. Et ce n'est pas l'amour qui m'aveugle, mais c'est à chialer tellement c'est bon. Clara m'attendait à la gare. Comme vous le savez, Clara est ma plus vieille éditrice. Elle pratique la corrida. Les taureaux ont broyé ses jambes, mais elle tient encore debout. J'ai tout connu avec Clara. Les succès comme les catastrophes. Je m'installe dans sa bagnole crasse à la place du mort. Elle conduit, la Gitane au coin des lèvres. Elle est invincible. Sans quitter la route des yeux, elle grince :

« Alors, de retour au bercail ?
— C'est probable.
— Ma conduite te manquait, avoue.
— C'est plutôt l'odeur du crottin sous tes bottes qui me manquait, meuf.
— Tu réalises le risque que tu prends en publiant un truc pareil ?
— Oui.
— Non, je ne crois pas.
— Raconte.
— Tu risques d'être un paria à vie dans le monde des lettres.
— Sans blague.
— Moi, je m'en fous. Je ne vais que ramasser la mise. »

Nous allons donner à manger aux chevaux dans ses écuries. Je lui avoue que Joséphine écrit. Elle me demande ce que ça vaut. Drôle de question puisque ça vaut tout l'or du monde ! Dès le début : nous sommes un dimanche, à l'aube, la narratrice se réveille dans les bras de son homme. Elle songe à se lever pour aller peindre. Mais voilà. Aucune particule d'air ne semble séparer les deux corps. Et cette position est tellement instable et parfaite qu'elle refuse de la faire mourir. Dans le roman, son mari est « nez ». Et c'est incroyable comme cet homme respire sa femme ! Il la respire partout et tout le temps.

Et, connaissant l'auteure, je peux dire qu'il a bien raison de la respirer comme ça.

Chapitre 76

Mon appartement vient d'être vendu. Je devrais me sentir heureux, mais je ne le suis pas. Il me reste quelques mois avant de quitter les lieux. Je regarde ma chambre que j'aime tant avec des photos de Joséphine accrochées au mur. Je touche la chaise de mon bureau sur laquelle j'ai passé tant d'heures à écrire. Je dis au revoir à la cuisine, au salon, à la chambre d'Hippolyte, à ses posters de foot. Je me demande où il va bien pouvoir les mettre, à présent, ses posters de foot.

C'est un connard de vingt-neuf ans qui a racheté les lieux. Il a fait comment ? Un héritage sans doute. Un putain d'héritage. Tout le monde hérite sur cette terre, sauf moi. Ou alors il est trader dans une banque internationale et il n'a jamais lu aucun livre de sa vie. Il est célibataire. Il doit collectionner les filles. Je ne l'envie pas. À quoi ça sert de collectionner les filles lorsqu'on a rencontré quelqu'un comme Joséphine ?

Je me demande ce que je vais devenir. Il va falloir que je visite des studios sans savoir comment je pourrai payer la location. Bien sûr, j'ai toujours la possibilité d'aller vivre chez mes parents. Ils ont un deux-pièces près de la mairie du 18e, mais Hippolyte déteste aller là-bas. Il me dit que c'est un appartement « pour les vieux ».

Il n'empêche. J'ai tout de même réussi à éviter les huissiers de justice. C'est une bonne chose.

Je vais pouvoir payer mes impôts et rembourser une partie de mon crédit. En fait, je repars d'où j'avais commencé lorsque j'avais vingt-quatre ans et que je voulais conquérir Paris. Mon existence ressemble à des montagnes russes. Adolescent, quand je faisais des conneries qui désespéraient mon père, j'avais une vieille marraine qui lui disait toujours : « Ne t'inquiète pas, Nicolas est né sous une bonne étoile. »

Je ne sais pas si elle disait vrai. Je ne sais pas si j'ai brûlé ma bonne étoile. Mais je suis toujours debout. Amoché, avec deux hanches en céramique, mais debout. Je n'ai aucune idée de quoi mon futur sera fait. Mais je l'attends. Avec la tête haute et un sourire au coin des lèvres.

Chapitre 77

Je suis chez ma petite sœur, assis sur son canapé, en train de boire un Coca light. Elle boit un verre de blanc avec des glaçons. Je déteste dire ce genre de truc, mais je ne peux pas m'empêcher de faire un brin de morale :

« Émilie, mon ange, tu ne crois pas que tu devrais lever le pied pendant quelques mois ?

— Maman buvait comme un trou pendant ses grossesses et tu as vu le résultat ?

— Oui, justement, j'ai vu le résultat.

— Et puis n'oublie pas que je sors avec un artiste. J'ai bien le droit d'être un peu rock and roll.

— Mathieu n'est pas un artiste, c'est un petit enfant perdu dans un terrain vague.

— Nicolas, je crois que je suis alcoolique.
— Je le pense aussi, ma chérie.
— Qu'est-ce que je dois faire ?
— Une cure.
— Quand ?
— Demain. Je m'occupe de tout. »

Je me suis levé. Je l'ai serrée dans mes bras aussi fort qu'un grand frère peut serrer sa petite sœur dans ses bras. Elle pleurait. J'ai téléphoné à la clinique Jeanne-d'Arc. Ils m'ont répondu qu'il n'y avait de la place qu'à partir du mois prochain. Je leur ai rétorqué que j'étais Nicolas Rey, que j'étais journaliste, que j'avais déjà effectué un passage chez eux et que, s'ils ne trouvaient pas de la place pour le lendemain matin, je balançais sur la place publique l'incroyable facilité avec laquelle on pouvait se procurer n'importe quelle sorte de drogue au sein de leur illustre établissement. La standardiste m'a fait patienter cinq minutes. Puis, je suis tombé sur le docteur Lecointre. Il a été charmant. Il a même trouvé une place pour ma petite sœur dès le lendemain matin. Il allait, en personne, s'occuper d'elle. J'ai couché Émilie après l'avoir aidée à faire son sac. Allongée dans son lit, elle gardait dans sa petite main droite son téléphone portable comme un talisman au cas où Mathieu lui téléphonerait.

Chapitre 78

Je suis avec ma petite sœur dans le taxi qui nous emmène à la clinique. Elle me demande :

« Le plus dur, ça va être quoi ?

— Le début. Les premiers jours. En plus, vu ton état, ils vont limiter les médicaments. Alors chaque nuit va durer mille ans. Tu vas perdre des litres et des litres d'eau. Tes draps seront trempés de sueur. Tu vas être capable de donner ta vie pour un verre de vin. Tu vas vouloir appeler ta mère, mais tu seras incapable d'articuler quoi que ce soit. Ensuite, c'est comme pour un chagrin d'amour. On pense que ça ne pourra jamais passer, mais, heureusement, ça passe. »

Je serre la main moite d'Émilie lorsque nous pénétrons dans l'établissement. Ensuite, je sais parfaitement la manière dont les choses se passent. Un infirmier nous accueille. Nous allons dans sa chambre. Il fouille son sac. Il lui explique le règlement intérieur. Il la pèse. Il lui demande si elle n'a pas d'alcool sur elle. « Non, ce serait un peu con », a répondu ma petite sœur.

Nous avons cinq minutes pour nous dire au revoir. C'est le moment le plus dur de toute mon existence. Je lui demande ce que je peux faire pour elle. Prendre soin de Mathieu, elle me répond. Promets-le moi, elle me demande.

Tu as ma parole, je fais. Quoi qu'il fasse, tu prends soin de lui, d'accord ? Je fais oui de la tête et les larmes me montent aux yeux.

Je sors de la clinique. Je marche jusqu'au lac de Saint-Mandé. Je m'assois sur un banc et j'appelle les parents. Mon père demeure étrangement calme. Il me demande juste comment être utile. En prenant soin de Mathieu, je rétorque.

Chapitre 79

Et le monde m'est tombé dessus. Pour de vrai. Sans prévenir. J'avais passé mon week-end à réparer une fuite d'eau chez Joséphine et cette dernière m'avait invité à dîner pour le dimanche soir. En rentrant chez elle, je me faufile dans ses draps. « Je peux faire quoi pour te remercier ? » elle demande. « Me donner ta peau », j'articule. Elle pénètre dans sa chambre et s'allonge, tristement, dos à moi, sur le lit. Elle me murmure que nous ne ferons pas l'amour. Qu'elle a ses règles. Mais que ça n'a rien à voir parce qu'elle a souvent fait l'amour avec moi en ayant ses règles, que c'est juste qu'à présent nous ne ferons plus l'amour ensemble.

Tout de suite, j'imagine le pire. Mais je n'ai pas besoin d'imaginer le pire, car le pire est devant moi, bel et bien réel. Le couperet vient de claquer sur ma nuque. Notre équilibre précaire vient de mourir. Joséphine ne m'aime plus. Joséphine a rencontré quelqu'un. Joséphine a fait l'amour avec quelqu'un d'autre. Il paraît qu'il faut se comporter de façon digne dans ces cas-là. Alors j'ai enfilé ma chemise et mon pantalon. Chose exceptionnelle, Joséphine s'allume une cigarette et ouvre la fenêtre du salon. Joséphine ne fume jamais. Hormis une bouffée qu'elle me pique à la fin d'un repas. Je mesure donc la gravité de la situation. Elle veut parler et moi je ne veux rien entendre. L'illusion pour ne pas mourir de la vérité. Pourquoi la seule personne à qui je serais d'accord pour tout donner n'en veut pas tout à fait ?

Avant que je m'en aille, elle me dit : « Je t'aimerai toute ma vie. » Elle me demande aussi : « Est-ce que je pourrai toujours compter sur toi ? » Je lui réponds que oui, elle pourra toujours compter sur moi.

Dans la rue sombre, j'appelle mon dealer. Il décroche dès la première sonnerie. L'avantage avec les dealers, c'est qu'ils n'ont jamais leurs règles.

Chapitre 80

Des polaroids de Joséphine ? Sa façon de préparer une assiette divine avec deux fois rien, sa façon de me chevaucher en laissant couler son liquide sur mon ventre, sa façon de m'appeler « canaille » dans ses SMS, son style comme une petite musique bien à elle dans ses manuscrits, sa façon de dire, lorsqu'elle était morte de faim, qu'elle « boufferait bien le cul d'une vache », sa façon d'aimer le matin comme la plus belle partie de la journée, l'odeur de ses fesses, sa façon de ne jamais finir son verre de vin, sa façon d'être addict à l'équilibre, son amour pour le yoga et sa façon d'en parler, sa bienveillance, sa force tranquille.

Des polaroids de Joséphine ? Son courage en toutes circonstances, le goût de sa chatte, ses soupirs, l'élégance de chacun de ses gestes, sa soif de liberté, sa façon d'essayer des chaussures dans les magasins, sa façon de se mettre à quatre pattes pour moi, juste pour moi, sa façon de s'offrir complètement dans ces cas-là et de me dire : « Je suis à toi. Fais de moi ce que tu voudras. » Sa maladresse, son haleine touchante, ses pieds juste un peu trop grands.

Des polaroids de Joséphine ? Sa façon de me tenir le bras comme si nous étions deux personnes âgées. Sa haine des injustices, son amour des plantes et de la nature, sa passion pour le jazz et la montagne, son harmonie face au monde, sa façon de remettre ses lunettes, sa manière de m'appeler « mecton », son panache et son calme face à l'adversité.

Des polaroids de Joséphine ? Le polaroid suivant. Et celui d'après. Et encore celui d'après.

Chapitre 81

Lendemain de défaite. Une nuit que Joséphine vient de me quitter. Que faire ? Comme dans mon spectacle ? Refuser tout en bloc. Ne pas faire le mort. Lui téléphoner toutes les cinq minutes. La supplier de me reprendre. Agoniser à ses pieds. Chercher une explication alors qu'il n'y a rien à comprendre ? Hurler. L'attendre devant chez elle, se répandre, pleurer, avoir l'impression de la voir partout, en baver ? J'en bave déjà, de toute façon. Alors ? Prendre des coups pour rien. La dégoûter réellement de ma triste personne. Être idéaliste, têtu et magnifique. Être l'inverse d'un article dans *Psychologie magazine*. Tu veux aller voir une cartomancienne ? Va voir une cartomancienne.

Tu as tous les droits. Y compris celui du ridicule, de la bagarre et du chagrin. Soulève ta hache et charge en direction de la plus grande armée du monde. Celle des indifférents. Soulève ta hache et charge, mais pas ce soir. Ce soir, tu ne feras pas le plaisir de la pitié à mademoiselle Joséphine.

Je m'installe au Francoeur, le bar en face de chez moi. Je commande un double Jack Daniel's. Je regarde ce bon vieux Jack. J'appelle mon père :

« Papa ?

— Oui.

— Joséphine m'a quitté.

— …

— Je suis au Francoeur. J'ai commandé un double Jack Daniel's.

— …

— Je n'y ai pas touché. Je le regarde pour l'instant.

— Donne-moi cinq minutes. Je t'en prie, donne-moi juste cinq minutes. Tu veux qu'on reste en ligne ?

— Non, ça ira.

— On va s'en sortir, mon poussin. Je te jure qu'on va s'en sortir. »

Cinq minutes plus tard, mon père est arrivé. Il a vidé mon verre sur le trottoir puis, en me serrant dans ses bras, il a murmuré :

« Je te jure qu'on va sortir, mon chéri. Fais-moi confiance, s'il te plaît. »

Je n'avais plus beaucoup d'autres personnes à qui faire confiance.

Chapitre 82

Je suis un survivant. Plus rien de ce qui pourrait m'arriver ne m'intéresse. Je me branle de ma pancréatite. Je me moque de choper un cancer ou une leucémie. Je veux juste faire l'amour une dernière fois avec Joséphine. Et ça, c'est impossible. Je veux juste que Joséphine tombe amoureuse de moi et ça, c'est impossible. Je veux juste que Joséphine crève d'envie d'avoir un gosse avec moi et ça aussi, c'est impossible.

Je fais part de la terrible nouvelle à Mathieu S. Il semble navré pour moi. Sincèrement navré. Il me demande s'il peut faire quelque chose pour moi. Je lui rétorque qu'on ne peut rien faire pour personne dans ces cas-là. Et puis, en réfléchissant davantage, je trouve tout de même quelque chose à lui dire :

« Si, Mathieu, tu peux faire quelque chose pour moi. Ne pas te comporter avec Émilie comme Joséphine s'est comportée avec moi. Pas maintenant. Mais dans quelques années. Émilie t'aimera toujours comme moi j'aime Joséphine alors je te demande, à ce moment-là, de l'aimer comme j'aime Joséphine.

— C'est impossible de demander une chose pareille.

— C'est la raison pour laquelle je te la demande. Parce que c'est impossible.

— …

— Tu fais partie, à mes yeux, de ces quelques personnes capables de réaliser des trucs impossibles. »

Ce soir-là, Mathieu a chanté divinement bien. Comme s'il était touché par la grâce. Comme si la vie venait de lui offrir un don supplémentaire.

Chapitre 83

Bonne nouvelle, Émilie ne s'ennuie pas dans sa clinique. Elle a sympathisé avec un gosse de dix-sept ans, addict à la cocaïne. Ils échangent des livres, font des balades et jouent au ping-pong. Une chose dans le règlement intérieur agace au plus haut point ma frangine : les patients n'ont pas le droit d'avoir des relations sexuelles ensemble. Et pourquoi pas ? rétorque ma petite sœur. Si ça peut nous détendre ? Si ça peut nous faire oublier l'atroce longueur de nos journées ? Je connais bien Émilie. Je crois qu'elle a une idée derrière la tête. Je pense que le gosse de dix-sept ans, Jérémy, ne lui déplaît pas tant que ça. Je lui fais part de ma déduction. Elle approuve :

« C'est vrai que je ne dirais pas non.

— Et le fait que tu sois enceinte ?

— Oh, ça l'excite au plus haut point.

— Et toi ?

— Moi, tu sais, tout ce qui peut me faire oublier le vin blanc est bon à prendre.

— Et Mathieu ?

— Tu crois qu'il m'attend, lui, de son côté ?

— Oui. Je crois qu'il t'attend. »

Nous marchons dans le parc glacé. Émilie me présente Jérémy. Un beau gosse à lunettes. Je lui demande :

« Tu étais à combien de grammes par jour ?

— Deux.

— Petit joueur. J'ai fonctionné à six grammes par jour dans ma grande époque.

— Bravo. On aurait besoin de quelqu'un pour monter la garde lorsqu'on sera à l'intérieur de ma chambre, ta sœur et moi.

— Et vous avez pensé à moi ?

— Oui.

— Et pourquoi ?

— Parce que d'après ta frangine, il n'y a que toi pour accepter de faire des choses pareilles. »

Chapitre 84

Il est une heure du matin. Je suis dans mon lit. Joséphine. La vérité. Le mensonge. À quoi bon ? Impossible de trouver le sommeil. Je me lève. Je m'habille et je vais m'installer sur un banc en face de chez Joséphine. J'ai deux paquets de cigarettes sur moi. De quoi, largement, passer la nuit.

Lorsque le matin va se lever et qu'elle va sortir de son immeuble, qu'est-ce que je vais lui dire ? Joséphine, je suis resté là ici jusqu'à l'aube en pensant à nos cinq dernières années. Joséphine, pourquoi m'avoir dit que « cela allait me faire un bien fou de tomber amoureux de quelqu'un d'autre » ? Tu ne peux pas imaginer à quel point je déteste cette phrase. Je la hais de toutes mes forces. Je la vomis. Moi, je ne tombe amoureux de personne d'autre. C'est ainsi. Tant que je serai en vie, c'est toi que j'aimerai et personne d'autre.

Alors, on peut me retirer beaucoup de choses, on peut même tout m'enlever, mais pas cela, Joséphine. Oui, je t'ai attendue toute la nuit sur ce banc comme un con. Oui, je sais que cela ne change rien et même que j'aggrave mon cas et tu sais quoi, Joséphine ? Je m'en tape de mon cas.

Je fais pitié ? Et alors ! C'est tout ce qu'il me reste. Joséphine, prends soin de ma « pitié » comme j'ai pris soin de notre amour.

Ma Joséphine, je veux bien mourir, si c'est pour mourir dans tes bras. Vivre sans toi, ce n'est pas vivre. C'est survivre à petit feu sans l'oxygène de ton amour. Joséphine, je veux m'envoler dans tes bras une dernière fois. Joséphine, ma Joséphine, en cinq années, nous n'avons jamais dansé ensemble. Alors, accorde-moi cette danse, mon amour, accorde-moi cette dernière danse, s'il te plaît.

Chapitre 85

J'ai effectué de nouvelles analyses de sang. Elles sont catastrophiques. Le docteur Flaire m'observe comme si j'étais un cancéreux en phase terminale. Il a des ongles parfaits. Le docteur Flaire a toujours une manucure parfaite. Il commence :

« On ne va pas se mentir, Nicolas, ce n'est pas le 14 Juillet dans votre pancréas.

— On ne va pas se mentir, docteur, je n'en ai plus rien à battre.

— Et pourquoi ?

— Joséphine vient de me quitter. Alors maintenant, vivre ou mourir ?

— Oh, comme c'est romantique ! C'est très con, mais c'est romantique. Mais c'est avant tout très très con !

— Et pourquoi ?

— Si vous mourez dans six mois, vous faites comment pour la récupérer ?

— …

— Vous savez, les cimetières sont peuplés de gens irremplaçables !

— Alors, on fait quoi, doc ?

— On agit et vite. Perfusion d'antibiotique en milieu hospitalier une fois par semaine. Vérification par voie endoscopique de tous les calculs qui bloquent le pancréas. Opération sous anesthésie générale dans un second temps.

— Super.

— Vous n'avez plus le choix. La maladie gagne du terrain. Je peux vous poser une question ?

— Oui.

— Pourquoi vous fixez toujours mes doigts avec autant de… tentation ?

— À cause de vos ongles, docteur. Je trouve que vous avez des ongles magnifiques.

— O.K. On s'éloigne. Alors on va se rassembler, Nicolas. Vous connaissez la seule façon de récupérer Joséphine ?

— Non.

— C'est de rester vivant. »

Chapitre 86

Malgré notre mise en garde, Faustine relance de nouveau Mathieu. Jérôme m'appelle dans un état d'hystérie absolue. Il me dit : « Cette mécréante, je vais lui trancher la gorge et c'est des serpents qui vont sortir de sa tête. Je vais la faire rouler sous une voiture à Barcelone. Je vais l'égorger en face de Notre-Dame. » Je propose à Jérôme de se calmer un peu. Et je lui récite ce vieux poème de Prévert : « Les enfants qui s'aiment s'embrassent debout contre les portes de la nuit, Et les passants qui passent les désignent du doigt, Mais les enfants qui s'aiment ne sont là pour personne, Et c'est seulement leur ombre qui tremble dans la nuit, Excitant la rage des passants, Leur rage leur mépris leurs rires et leur envie. »

C'est bien beau tout ça, poursuit Jérôme, mais tu oublies que ta sœur est en cloque et que cette Faustine a pulvérisé mon artiste ces deux dernières années. Moi aussi, je songe que Joséphine m'a pulvérisé pendant ses cinq dernières années et que ces cinq dernières années ont été les plus belles de toute mon existence.

Alors qui croire ? Où aller ? Quelle route suivre ? Dois-je laisser Mathieu cracher au ciel une dernière fois ? Dois-je le laisser revenir dans les bras de cette chieuse ? Les chieuses, vous savez ? Ces filles dont on tombe amoureux.

Non. Il faut que je sois cynique sur ce coup-là. Il faut que je protège ma sœur coûte que coûte. J'appelle Mathieu. Je lui annonce qu'Émilie est en cure pour que le bébé naisse dans les meilleures circonstances possible.

J'en rajoute sur le fait qu'elle se bagarre comme une malade, contre cette saloperie d'alcool, qu'elle se bat par amour, pour lui et pour l'enfant. J'oublie volontairement d'évoquer le jeune Jérémy. Je suis un impressionniste. J'ai toujours eu le sens de la perfection évasive pour évoquer certains tableaux. Pour tout vous avouer, il m'arrive encore parfois d'être un peu loin de la vérité toute nue.

Chapitre 87

Le deuil que je dois faire de mon histoire avec Joséphine passe par plusieurs étapes. Bien que cela m'arrache la bouche, elle me prépare à la vérité depuis un an, et je n'entendais rien. En ce moment, c'est la colère qui prime. Je lui en veux de ne pas pouvoir lui en vouloir. Je lui en veux de m'avoir prévenu, depuis plus d'un an, de me préparer à cette rupture. Je lui en veux de m'avoir dit en face que notre histoire est terminée, que sa passion a pris fin. Je lui en veux de m'avoir donné tous les outils en main pour survivre le jour où la chose arrivera.

Je lui en veux de prendre soin de moi depuis qu'elle m'a quitté. Je lui en veux de m'appeler souvent et de se renseigner sur ma santé. Je lui en veux d'être sincère et de faire les choses bien. J'aurais préféré qu'elle se comporte comme une salope de la pire espèce. C'est plus simple à oublier, les salopes de la pire espèce.

Hier soir, mon père a voulu « qu'on en parle ». « Y a pas grand-chose à dire », j'ai répondu. Et là, il a eu cette phrase terrible de connerie : « Et tu peux me dire le nombre de fois où elle t'a quitté ? » Et il est parti d'un gros rire gras en disant cela. Et j'ai compris à quel point il était à des années-lumière de la réalité des choses et de ce que je vivais. Oui, pauvre con, Joséphine m'avait quitté. Oui, c'était pour de bon cette fois-ci. Oui, elle avait fait les choses bien, par paliers successifs.

Mais, au final, elle m'a quitté et je suis seul comme le pire des chiens. Alors, oui, j'en veux à Joséphine d'avoir si bien fait les choses, parce que Joséphine fait toujours très bien les choses. Je lui en veux d'avoir mis les petits plats dans les grands pour cette rupture, je lui en veux d'être parfaite en toutes circonstances. Même pour son accouchement, Joséphine m'avait avoué qu'elle s'était comportée de façon tout à fait chic et soignée.

Un enfant avec Joséphine. Cet espoir fond comme neige au soleil. Moi, que Joséphine accouche dans mes bras de la façon la plus sale au monde, cela m'aurait parfaitement convenu.

Chapitre 88

J'ai pris rendez-vous avec la directrice de mon agence de la Société Générale. Elle semble très embêtée face à son clavier. J'ai un problème avec vous, monsieur Rey, c'est que vous n'existez plus dans mon fichier. C'est-à-dire ? je demande. C'est-à-dire que votre compte n'est même pas bloqué, mais que vous n'avez plus de compte. On ne vous trouve plus chez nous. Que l'on vous demande de l'argent ou que vous en viriez, c'est fini, vous n'existez plus.

Voilà, vous avez bien entendu, je n'existe plus. Et ce sera la même chose dans toutes les banques. Ma mort semble commencer par le côté financier de l'affaire. Je n'ai plus de chèques, plus de carte bleue, plus de liquide. Je suis déjà mort de ce côté-là. J'appelle Guido à l'aide. Les éditions de La Férinière me doivent de l'argent. Du liquide, mon vieux Guido. Il me faut du liquide. Impossible de faire autrement que par virement, mon pauvre Nicolas.

Je téléphone à Clara, mon vieux cheval cabossé d'ancienne éditrice. Je lui explique la situation. Je t'envoie un recommandé de deux mille euros dans la journée, elle me rétorque sans demander vraiment pourquoi. Oui, je l'aime à cet instant-là. Oui, je me dis que c'est dans les vieux pots que l'on fait les meilleures soupes à cet instant-là.

J'arrive à joindre Jean. Il me rassure. Il m'explique que, lorsque je toucherai le résultat de la signature de l'acte d'achat de mon appartement, les choses vont s'arranger. Je ne comprends pas tout, mais je comprends que les choses vont s'arranger. Dans combien de temps ? je demande. Au maximum quelques mois, il me répond. En attendant, tu peux venir vivre chez moi, je te loge, je t'héberge, je te nourris. Adorable Jean. J'aimerais qu'un jour il existe sur terre quelque chose pour distinguer les bons des méchants. À partir de ce moment-là, on saura où classer Jean, assurément.

Chapitre 89

Depuis notre rupture, je ne bouge pas. Par exemple, je n'appelle jamais Joséphine. J'attends qu'elle m'appelle. Je me dis que, si j'entreprends quoi que ce soit, elle va passer de l'indifférence polie qu'elle éprouve à présent pour moi à l'agacement, au mépris, à la pitié, et s'il y a une chose sur cette terre que je refuse, c'est faire pitié à Joséphine. Non, je ne veux pas faire pitié à Joséphine. Je veux lui plaire encore une fois ou rien du tout. Oui, je refuse que Joséphine éprouve du mépris à mon égard. Je veux qu'elle éprouve de la passion ou rien du tout. Non, je ne veux surtout pas agacer Joséphine. Je ne veux surtout pas qu'elle se dise : « Mon Dieu, ce qu'il m'ennuie à m'appeler toutes les cinq minutes, celui-là. »

Je veux lui manquer. Je veux qu'elle en crève, tellement je lui manque. Je sais que c'est impossible, mais c'est ce que je veux. Je veux qu'elle me téléphone un matin en me disant : « Qu'est-ce que tu fais aujourd'hui ? » Je veux qu'elle dise ça avec la voix qui tremble. Ensuite, je veux qu'elle ajoute : « Et si on se voyait ? »

Alors, on se retrouvera à mi-chemin de chez l'un, à mi-chemin de chez l'autre. On ne se dira rien. On se regardera juste. Et puis, nous marcherons jusqu'à la place du Tertre toujours sans dire un mot. Arrivé là-haut, je lui prendrai la main et elle prendra la mienne.

La tête au creux de mon épaule, elle me murmurera : « Tu m'as manqué. » Alors seulement, je répondrai : « Toi aussi. Follement. Éperdument. »

Et nous resterons là. Heureux. Seuls au monde parmi tous ces touristes. Sans bouger pour ne pas détruire l'instant. Ensuite, elle m'embrassera la main en me disant dans un sourire espiègle : « Tu te souviens où j'habite ? » J'approuverai de la tête. Et puis nous ferons le mal et le mal sera bien fait.

Chapitre 90

Jérôme sautillait dans tous les sens comme un jeune cabri sous LSD. Il avait trouvé « une fille » pour moi. Une fille extraordinaire, selon Jérôme, productrice d'un label de musique indépendant, une fille à la fois rock et mélancolique. La fille s'appelait Aline. Elle était blonde avec les cheveux courts. Je n'étais ni pour ni contre. Je n'avais pas d'avis, en fait. Nous étions en face de L'Européen pour aller voir un concert d'un groupe que je ne connaissais pas.

Le problème de cette soirée, c'est que je ne me rappelle que d'une seule chose, c'est qu'Aline buvait un Ricard dans un grand verre en plastique. Et qu'à chaque fois qu'elle se penchait vers moi pour me parler, j'avais son haleine infestée de pastis qui me filait la nausée. J'avais beau essayer de penser à autre chose, j'en revenais toujours à la même conclusion : jamais Joséphine n'aurait avalé un truc pareil.

Et je m'en voulais de penser ça. Et j'avais envie de dire à Aline : tirons-nous d'ici, allons chez toi et par pitié, lave-toi les dents. Ensuite, je t'expliquerai à quel point il faut s'y prendre doucement avec moi. À quel point j'ai le cœur comme un vase empli de larmes, et qu'il suffit de le bousculer rien qu'un peu pour que tout s'effondre.

S'il te plaît, ne m'oblige pas à être en représentation. Ne m'oblige pas à te rouler des pelles et à te baiser dans tous les sens. Parce que j'en suis tout simplement incapable. Je suis en pleine convalescence.

J'ai eu un accident de la route que tu n'imagines même pas. Cela faisait cinq années que je roulais sur la piste la plus mouvementée qui soit.

Et voilà que je me retrouve dans le décor et seul au monde. Aucune ambulance ne peut venir soigner ça. Il n'y a que le temps, cette saleté de temps, qui peut résoudre ça. Mais je ne suis pas encore prêt pour accepter « ce temps qui passe ». Pour l'instant, je le déteste ce « temps qui va passer. »

Oui, je le déteste de toutes mes forces.

Chapitre 91

Être pauvre vous apprend à aimer les pâtes. Être pauvre vous permet de connaître le Leader Price le plus proche de chez vous. Être pauvre vous offre la possibilité de conserver vos pièces jaunes et de les garder pour acheter du pain. Être pauvre vous permet de ne pas refuser le carnet de tickets de métro proposé par vos parents.

Être pauvre n'a plus aucune importance depuis que Joséphine m'a quitté. Je n'ai plus de plans incroyables à monter pour lui offrir un week-end dans le Luberon. À présent, je me laisse inviter partout. À présent, je n'achète plus de fleurs à personne et je ne vais plus au cinéma.

Je sais que la roue va tourner. Je sais que l'argent va revenir. Mais l'argent reviendra sans Joséphine, alors à quoi bon que l'argent revienne ? Même sans un sou, je m'étais toujours débrouillé pour traiter Joséphine comme une princesse. J'ai promis des articles que je n'ai jamais écrits. J'ai promis la lune pour offrir à Joséphine du luxe, du calme et de la volupté. En un mot, pour lui offrir tout ce qu'elle méritait.

Parce qu'il existe peu de personnes de la trempe de Joséphine. Lorsqu'elle dormait, Joséphine ressemblait à une reine en attente d'un carrosse princier. Chacun de ses gestes avait l'élégance d'une autre époque. Joséphine avait le « don de plaire » comme d'autres possèdent le « chic de vivre. »

Voilà, je voulais parler de la pauvreté et je vous parle de Joséphine ! Moi, dont la paresse demeure la raison d'être, j'aurais été capable de me lever tôt pour Joséphine. J'aurais travaillé à l'usine pour Joséphine, j'aurais fait boulanger pour Joséphine.

Oui, j'aurais fait boulanger pour Joséphine et j'aurais fini comme Raimu dans *La Femme du boulanger*.

Chapitre 92

Nous étions jeudi soir. C'était le jeudi soir où j'avais mon fils. Et normalement, tous les jeudis soir, nous allions dîner chez Joséphine. Mon fils, de douze ans, et sa fille, de treize ans, s'entendaient bien. Je n'avais encore rien dit à Hippolyte. Le soir, nous sommes sortis rue Caulaincourt, je lui ai tenu la main et je lui ai dit qu'on allait se commander une pizza à emporter. À emporter chez Joséphine ? il a demandé. Non, à emporter chez nous. Pourquoi ? il a questionné. J'ai eu beau me mordre l'intérieur des joues, mais ça n'a rien changé. Je me suis mis à pleurer comme un pauvre con. Mon fils n'a rien dit. Chose rare, il m'a juste laissé embrasser ses cheveux pendant qu'ils préparaient la pizza.

On a mangé notre pizza en regardant beIN Sport sans rien dire. Après sa douche, je lui ai posé la tonne de questions : « Comment ça allait au collège ? » « Est-ce qu'il mangeait bien à la cantine ? » « Est-ce qu'il s'était fait des nouveaux copains ? » Au coucher, il m'a juste demandé si on allait revoir Joséphine et sa fille. « Quand tu voudras mon enfant », j'ai répondu.

Ensuite, je me suis baladé dans l'appartement. J'ai regardé chacune des photos de Joséphine dans ma chambre en fumant des cigarettes.

Et puis, je me suis installé dans le salon avec une menthe à l'eau. J'ai fait défiler sur mon PC des photos de nu de Joséphine.

C'est mon fils qui m'a réveillé. Il m'a dit :

« Je crois qu'il faut aller te coucher, papa.

— Non, Hippolyte. C'est gentil, mais je vais rester encore un peu.

— Non, on va aller dormir. Je t'assure que c'est mieux comme ça.

— …

— Tu veux bien qu'on aille dormir, mon papa ?

— Oui, je veux bien, mon fils chéri. »

Chapitre 93

Cette fois-ci, Jérôme trépigne comme un lapin Duracell sous du 100 000 volts. Jérôme a enfin trouvé « la femme de ma vie. » Une professeur de lettres dans le secondaire. Toi qui aimes les fonctionnaires, me dit Jérôme. Toi qui n'arrêtes pas de dire que les professeurs sont des fonctionnaires, à savoir des êtres plus sensibles que les autres ! En plus, Hélène est à découvert sur son compte, c'est formidable, vous allez pouvoir bouffer des pâtes à deux tous les jours. En plus, Hélène est socialiste. N'est-ce pas émouvant quelqu'un de socialiste en 2017 ?

Hélène nous a invités à manger chez elle. Nous mangeons des pâtes à la carbonara. Elle possède un visage d'une grande douceur, une voix calme et des gestes gracieux. Je l'aide à débarrasser la table. Dans la cuisine, elle me dit : « Je suis au courant pour Joséphine. On pourra en parler tout à l'heure si tu veux, lorsque Jérôme sera parti. » Je la remercie pour sa délicatesse et nous repartons au salon. Jérôme a déjà enfilé sa veste. Il articule : « Désolé, mais l'un de mes artistes est en plein burn out. Je dois partir. »

Hélène me prépare un café. Je m'allonge sur son canapé. Et je lui raconte tout. Les premières années miraculeuses : « Joséphine a pris ma main pour m'emmener vers la vérité. » Et puis, l'étau qui se resserre.

Enfin la dernière année, cette fameuse année où j'avais la sensation d'être au bout d'une corde, les yeux bandés. Mes pieds n'étaient retenus que par un simple tabouret et je n'avais pas la moindre idée du moment où Joséphine allait envoyer valdinguer ce tabouret.

Et puis, à force de parler, je réalise comment, une fois de plus, je suis coupable de la fin de mon histoire d'amour. Joséphine ne supportait pas de me voir infantilisé, écrasé à ce point par mes parents. Moi, je m'en moquais. Pire, je trouvais ça drôle. Je ne pensais pas que ce petit jeu sadomasochiste puisse dessécher l'amour de Joséphine à mon égard. C'était oublier que le diable se trouve toujours dans les détails.

Chapitre 94

Je vais tenter un dernier truc malgré tout. L'entourage de Joséphine. Je m'entends bien avec l'entourage de Joséphine. Et tout particulièrement avec une fille prénommée Marie. Marie est vive, généreuse et toujours de bonne humeur. On lui demanderait de résoudre tous les problèmes sur terre que ça ne la dérangerait pas le moins du monde. Hélas, une fois n'est pas coutume, la catastrophe me tombe dessus :

« Nicolas, tu sais bien que je t'adore, mais je ne mentirai pas à Joséphine. Joséphine était en recherche de stabilité, d'un couple, d'une famille et tu n'es pas le type idéal pour offrir ce genre de choses. Tu es quelqu'un de brillant, mais tu es quelqu'un de brillant à court terme, et c'est bien là le problème. Je ne t'imagine pas changer des couches, ni te réveiller à trois heures du matin parce que le petit fait ses dents.

— C'est là où tu te goures, Marie. Je suis le roi du changement de couches. La merde, ça me connaît.

— Non. Tu es le roi du mot d'esprit, mais pas du changement de couches. Et puis, Joséphine est mon amie. Je lui dois la vérité.

— La vérité ? Quelle vérité ? Le fait que je sois capable de changer du tout au tout pour Joséphine ? Le fait que je sois capable de me lever tôt pour elle ? Le fait que je sois malade, mais que je ne lui dise rien pour ne pas l'inquiéter ou pire, pour ne pas lui faire pitié ? Je ferais n'importe quoi pour elle. Et c'est bien ça le problème. Plus je ferais n'importe quoi pour elle, moins elle aura envie de me croire.

— Tu es mignon. Je peux te promettre une chose. La prochaine fois que j'ai Joséphine au téléphone, je lui dis que je t'adore. O.K. ?

— Non. Ne lui dis rien.

— Pourquoi ?

— Parce qu'on n'est vraiment pas sur la même planète tous les deux.

— …

— Et puis, surtout, pour une fois, je préfère assumer. Autant me rendre digne de ce qu'elle a tenté de m'apprendre. »

Chapitre 95

Je vais au cinéma avec Hélène. Nous payons chacun notre place. Après quelques minutes de projection, elle pose sa main sur la mienne. Je reste pétrifié. Je ne sais pas quoi faire. Combien de films suis-je allé voir avec Joséphine ? Cinquante ? Cent ? Je dois tourner la page. Hélène ne me déplaît pas. Allons, un effort Nicolas, ça va bien finir par revenir, tous ces réflexes. Soudain, je prends la main d'Hélène et la porte à ma bouche. Puis, je la repose tendrement sur l'accoudoir.

Je la tiens par l'épaule en sortant du film. Elle évoque immédiatement le long-métrage que nous venons de voir. Et là encore, je repense à Joséphine. Avec elle, nous gardions toujours un moment de silence après la projection. Nous étions encore dans le film. À l'intérieur même de celui-là. Mais chaque personne est différente et je tente de m'adapter.

Je la raccompagne jusqu'à chez elle.

« Tu veux monter ? elle demande.

— Non. C'est encore un peu tôt.

— Je comprends. J'attendrai. Tu peux me croire.

— Pourquoi ?

— Parce que tu es quelqu'un de brillant.

— À court terme.

— …

— Je suis quelqu'un de brillant à court terme, Hélène.

— Et alors ? À long terme, nous serons tous morts !

— Pas faux. »

J'ai serré Hélène dans mes bras. J'étais heureux que quelqu'un me redonne confiance, rien qu'un tout petit peu.

Chapitre 96

J'ai proposé à Mathieu de m'accompagner pour la sortie de ma sœur de la clinique Jeanne-d'Arc. Il a accepté. Il semblait fou de joie. Tu te rends compte, il me disait, elle n'a pas voulu que j'aille lui rendre visite une seule fois. La pudeur, j'ai répondu. La pudeur certainement. Nous avons pénétré dans le parc. Émilie était contre un arbre avec ses bagages à ses pieds et Jérémy à côté d'elle. Mathieu a embrassé ma sœur dans le cou, puis sur la bouche, intensément. Allez, on se casse, j'ai murmuré. Attends, a fait ma sœur, Mathieu, je voulais te présenter Jérémy, il m'a été d'une aide précieuse pendant toute ma thérapie. Mathieu a remercié Jérémy et le petit couple est parti devant nous. Je suis resté quelques secondes avec Jérémy. Juste le temps qu'il me dise : « Ce type est un baltringue. Je ne vais en faire qu'une bouchée. »

Une fois dans leur petit appartement, Mathieu s'est empressé de montrer à Émilie la chambre de l'enfant. Une chambre aux murs roses avec un berceau en bois de couleur mauve et des peluches un peu partout. Mathieu a pris sa guitare et a commencé à chanter une berceuse. Émilie a fondu en larmes. Je l'ai prise dans mes bras. C'est rien, c'est les hormones, j'ai fait. Non, c'est Jérémy, il me manque, elle a répondu.

Au début du repas, Mathieu a dit :

« J'ai préparé plein de choses que tu aimais bien. Tu as envie de quoi ?

— D'un verre de blanc. »

Cette réponse a plongé le dîner dans un silence de cathédrale. J'ai fait le maximum pour détendre l'atmosphère. J'ai demandé à Mathieu la date et le lieu de ses prochains concerts. J'ai questionné Émilie sur ses activités à l'intérieur de la clinique. Plein de trucs géniaux, elle a répondu. J'ai fait de l'aquarelle, de la pétanque, de la putain de sophrologie et puis d'autres choses encore, mais que je ne peux pas raconter parce que ce qu'il se passe dans cette clinique doit rester à l'intérieur de cette clinique. J'ai fusillé ma sœur des yeux, mais elle n'a pas baissé le regard.

Après avoir débarrassé, j'ai ouvert la fenêtre du salon pour fumer une cigarette. J'ai très bien reconnu Jérémy accoudé contre un réverbère. Il avait donc escaladé les murs de la clinique Jeanne-d'Arc pour nous suivre jusqu'ici. Ce petit avait de la suite dans les idées. Je n'aimais pas ressentir ça, mais je commençais à bien l'aimer malgré tout. Il a terminé sa clope en me fixant un long moment. Puis, il a balancé le mégot sur le trottoir et s'est éclipsé. Le mégot a mis du temps à s'éteindre. Et j'ai pensé que l'amour de Jérémy pour Émilie allait mettre du temps à s'éteindre également.

Chapitre 97

Un soir où nous bouffions japonais devant la télévision, j'ai demandé à ma frangine ce qui lui avait plu au début chez Mathieu :

« Au début comme tout le monde : sa façon de jouer de la guitare. Mon Dieu ce qu'il joue bien. Je reconnaissais les morceaux. Des vieux classiques comme Simon & Garfunkel, des chansons de mon époque à moi. Des choses plus récentes que je connaissais aussi. Tu ne t'en souviens peut-être pas, mais j'avais fait de la guitare classique pendant des années quand j'étais gosse. Je n'étais pas hyper douée. Voilà tout. Je ne pouvais pas jouer un seul des morceaux qu'il jouait du début à la fin comme il le faisait. À peine les premières notes. Je connaissais la difficulté que ça représentait et ça m'a impressionnée. J'étais fière de lui, ça me donnait envie d'en faire autant. Il m'a motivée, tirée vers le haut. Je m'étais sentie heureuse à l'idée de ce nouveau projet, je m'étais promis de le mener à bien même s'il n'en a rien été. Et puis, il y avait ses fameux cheveux en bataille que j'aimais tant. Et très vite, au bout de deux semaines, l'angoisse de le perdre. Vingt ans d'écart, Nicolas. Tu imagines, vingt ans d'écart ! Ne plus jamais revoir ce visage parfait, ces yeux clairs, ces traits qui en l'espace de quelques jours m'étaient devenus si familiers. Tu sais mon Nicolas, si j'ai toujours été attirée par des garçons de cet âge, c'est parce que j'y suis restée coincée moi-même. Être avec Mathieu, vivre une histoire d'amour avec lui en dépit de la différence d'âge, c'est faire un bras d'honneur au temps qui passe et à la suite certaine des choses. C'est croire à l'impossible. C'est croire que l'on peut s'aimer malgré tout et faire un enfant, même si ce n'est pas très sage. Tu crois que je fais une connerie ? »

J'ai réfléchi un long moment et puis j'ai répondu : « Oui, mais tu fais la plus belle connerie qui soit. »

Chapitre 98

Et puis, petit à petit, Émilie est revenue voir nos spectacles. Ces soirs-là, Mathieu jouait comme un ange possédé par les démons du rythme. Je voyais Émilie, les deux mains sur son ventre, au premier rang, en train de dévorer Mathieu du regard. Et ça me réjouissait le cœur de voir leur amour remonter doucement la pente. Et je me disais que rien n'était jamais perdu et qu'en toutes circonstances il fallait toujours espérer.

Une fois le show terminé, Émilie nous a retrouvés dans les loges. Elle semblait électrique. Elle a dit à Mathieu :

« J'ai trouvé le prénom pendant que tu chantais. On va l'appeler Lilie.

— Lilie, c'est magnifique. Lilie, je l'aime déjà », a répondu Mathieu en embrassant le ventre de ma sœur.

J'ai pris la décision de les laisser tranquilles et je suis allé fumer une cigarette à l'air pur. Jérémy a débarqué vers moi. Il a articulé :

« Elle ne répond plus à mes mails, ni à mes SMS et encore moins à mes messages.

— Elle va avoir un putain de môme, Jérémy. Est-ce que tu imprimes ça ?

— Je ne vois pas le problème.

— Le problème, c'est que dans cette putain de clinique, vous viviez en vase clos. Ce n'était pas la vie réelle. Tu comprends, ça ?

— Non. Pas après tous les mots qu'on s'est dits. Pas après toutes les promesses que l'on s'est faites. »

J'ai raccompagné Jérémy jusqu'à un métro. Je lui ai dit :

« Écoute, je n'ai rien contre toi. On va même dire que je t'aime bien. Mais tu te trompes d'amour sur ce coup-là.

— Il n'y a que les belles erreurs que l'on ne regrette jamais. »

Je n'ai pas su trouver quoi répondre à cette phrase définitive.

Chapitre 99

Je viens d'emménager dans un minuscule deux-pièces. Il n'y a pas de chambre pour Hyppolyte. Je n'ai rien osé lui dire pour l'instant. Je passe le chercher au collège. Nous montons jusqu'à mon sixième étage sans ascenseur. Je lui fais visiter l'appartement en lui montrant ma chambre. Je lui dis : « C'est chez toi ici. C'est ton domaine. Est-ce que ça te va ? »

Mon fils me regarde avec un drôle de regard que je ne lui connaissais pas encore. Un regard plein de maturité et plein d'amour. Il me dit : « Je préfère dormir sur le canapé du salon, papa. J'adore les canapés ! »

Je le serre dans mes bras et je lui dis : « C'est provisoire petit mec, bientôt je vais retrouver un appartement avec une véritable chambre pour toi. » Il me répond : « Tu sais, ça peut durer jusqu'à mon bac, c'est pas vraiment grave, papa. »

Alors je l'embrasse sur les cheveux et il me sort cette phrase : « L'important, c'est qu'on soit ensemble pour regarder *Game of Thrones*. »

« L'important, c'est qu'on soit ensemble pour regarder *Game of Thrones*. » Jamais on ne m'avait dit une aussi belle phrase.

Chapitre 100

Attention, premier concert de la tournée de Mathieu S. Tous les professionnels sont là. Nous sommes tous devant la fameuse Boule noire. Une salle mythique où les mélodies brutes en sous-sol diffusent un parfum convivial et écorché. Entre éclairages intimistes et boiseries étroites, le public se resserre près des artistes. C'est le choix de Mathieu. Il veut sentir le public. Il veut jouer son premier coup à quitte ou double. Il y a bien sûr Jérôme, notre manager, Émilie, sur le point d'accoucher, Jean-Luc, notre producteur qui se rase la bite et Francesco, notre régisseur italien. Tous, nous faisons corps autour de Mathieu pour lui donner l'énergie dont il a besoin.

Un quart d'heure avant le début du concert, Mathieu nous demande de le laisser seul dans sa loge. Pour avoir joué pendant quatre ans avec lui, je le connais dans ces moments-là. Il va s'allonger les pieds nus sur la moquette et jouer avec douceur quelques accords de guitare. Comme pour évacuer le stress. Comme pour mieux rentrer dans sa bulle.

Dès qu'il pénètre sur scène, je vois l'envie de tuer dans ses yeux. Il attaque son premier morceau dans un boucan d'enfer. Le public est debout, hystérique et fasciné.

« Je chante pour Lilie », hurle-t-il à la deuxième chanson. Je suis à côté de ma sœur. Elle me serre le bras. Au début, je ne fais pas attention. Et puis, elle s'agrippe totalement. Je la regarde. Je suis en train de perdre les eaux, elle m'annonce.

Je la prends dans mes bras. J'arrive à m'extraire de la Boule noire tant bien que mal. Je me place au milieu de la route. Un taxi occupé pile devant moi. Un couple est à l'arrière. J'articule : « Ma sœur vient de perdre les eaux. Elle va accoucher d'un instant à l'autre. Je peux prendre votre taxi ? » Le couple s'éclipse avec bienveillance. « À la clinique des Diaconesses, » j'annonce à un chauffeur terrifié. Émilie me demande d'appeler Jérémy. Je refuse. Mais Mathieu est sur scène, elle supplie. J'appelle Jérémy. Appelle les parents aussi, elle me demande. Émilie, tu es certaine que c'est une bonne idée ? Oui, hurle-t-elle, je veux du monde à mon accouchement.

Le hall de la maternité. Aucun problème. Je gère. Bonsoir madame, oui, c'est pour cette nuit, c'est même complètement pour cette nuit, madame, oui, elle a déjà perdu les eaux, toutes les cinq minutes, madame. Blouse bleue, charlotte, chaussons, j'enfile tout ça. Et je vois l'imposant Jérôme S. débouler tel un rhinocéros une clope au bec dans l'hôpital.

« T'es pas au concert ? je demande.

— Tu crois que j'allais laisser ma filleule venir au monde sans moi ? »

Je l'ai choisi comme parrain, intervient Émilie. Parce qu'il a pulvérisé cette pute de Faustine lorsqu'elle tentait de remettre le grappin sur mon homme. Très vite, beaucoup trop vite à mon goût, la chambre d'hôpital semble trop petite. Il y a deux aides-soignantes, une infirmière, le médecin accoucheur, Jérôme, moi-même, mes parents et Jérémy qui vient d'arriver. Jérémy tient la main d'Émilie. C'est un ami de la clinique, annonce ma petite sœur. Émilie demande une péridurale. Le médecin accoucheur s'exécute. Tous, nous entourons ma frangine. J'aimerais un peu d'air, demande le médecin, j'ai l'impression d'assister à une Bar Mitzvah dans cette chambre d'hôpital.

Au même instant, à la Boule noire, le concert se termine. Francesco chope Mathieu dans la loge pour lui dire que sa femme est en train d'accoucher. Ils foncent en scooter dans Paris. Mathieu m'appelle : « J'arrive », me dit-il. J'attrape la manche de Jérémy et l'emmène vers la fenêtre. Je lui dis : « Le père va se pointer. Il est temps de faire tes adieux, mon ami. » Noblement, Jérémy embrasse le front d'Émilie et puis s'en va. C'était quoi ce type ? hurle mon père. Ferme ta gueule, je rétorque.

Mathieu et Francesco arrivent lorsque ma sœur est en train d'accoucher. Nous sommes donc dix à assister à cet accouchement. Dix à voir sortir ce merveilleux bébé. Dix à voir la vie prendre vie. Une fois les premiers pleurs de Lilie sur les seins de ma sœur, Mathieu tombe dans les pommes. Juste une poignée de secondes. Juste le temps de réaliser qu'il est vivant et qu'il est papa pour tout le reste de sa vie.

Chapitre 101

Ma santé s'aggrave. Sur mon bureau, il y a une lettre du laboratoire d'analyse. Je la regarde. Je l'observe avec dégoût. Je refuse de l'ouvrir. Je refuse de connaître la véritable réalité de mon état. Mon portable sonne. C'est mon généraliste. Je ne décroche pas. Il me laisse un message. Je refuse de l'écouter.

Joséphine m'a quitté pour toujours. Je vais arrêter de me battre. Je vais arrêter les hôpitaux toutes les semaines et la peur en permanence. J'ai vécu des choses magnifiques. Je me souviens de mon premier week-end avec Joséphine. J'avais emmené mon fils, Joséphine et sa fille à Eurodisney. Nous avions passé une poignée d'heures féériques pleine de manèges, de vaisseaux spatiaux, de peluches gigantesques et de barbes à papa. C'était une journée qui ne voulait pas mourir. Après le dîner, j'ai réservé une suite dans l'hôtel du parc pour enfant. Il y avait une chambre pour les gosses, un salon et une chambre pour les parents.

Fatigués par leur folle journée, les enfants se sont endormis rapidement. Avec Joséphine, nous sommes restés dans le salon. J'ai pris la télécommande de la télévision. J'ai appuyé sur la touche radio, puis j'ai trouvé la fréquence de Chérie FM. J'ai invité Joséphine à danser un slow. Nous en avons dansé plusieurs à la suite. Puis, Joséphine m'a murmuré à l'oreille :

« Je n'ai pas fait l'amour depuis longtemps.

— Pareil pour moi.

— J'ai peur, Nicolas.

— Il ne faut pas. On ne va rien gâcher. On ne va pas faire l'amour ce soir. C'est beaucoup trop tôt. Nous allons prendre le temps. Le temps est une invention magnifique lorqu'on l'a pour nous deux. Nous avons cette chance. Nous avons la chance d'avoir des semaines, des mois, des années devant nous. Ce soir, nous avons douze ans et nous allons nous embrasser comme à douze ans. Ni plus ni moins. Qu'en penses-tu ?

— Tu garderas ton caleçon et je garderais ma culotte. D'accord ?

— Entièrement d'accord.

— On pourra retirer le reste ?

— Nous allons retirer le reste. »

Cette nuit-là, les dieux de l'amour se sont penchés sur notre lit. Jusqu'à l'aube, nous nous sommes murmuré des mots fous, embrassés jusqu'à plus soif tout en étant enlacés comme des possédés. Nous n'avons pas fait l'amour. Nous avons fait mieux. Nous avons commencé à faire l'amour.

Chapitre 102

J'aimerais que son jus d'orange et son café du matin lui disent : « il t'aime Joséphine. »

J'aimerais que les pavés de la rue Caulaincourt et la ligne 4 du métro lui disent : « il t'aime Joséphine. »

J'aimerais que la porte de son atelier, ses tissus, son ordinateur et ses coups de fil lui disent : « il t'aime Joséphine. »

J'aimerais qu'en chœur, son ancien et son nouvel amant lui disent : « il t'aime Joséphine. »

J'aimerais que son voyant, que son trousseau de clés et que sa fille lui disent : « il t'aime Joséphine. »

J'aimerais que tous les lampadaires de Paris et que sa lampe de chevet lui disent : « il t'aime Joséphine. »

J'aimerais que le jour, la terre dise à la lune: « il t'aime Joséphine. »

J'aimerais que la nuit, la lune dise à la terre: « Tu peux dormir tranquille, il t'aime Joséphine. »

Enfin, j'aimerais qu'à l'aube, la vérité dise au mensonge: « Il s'en est sorti et, grâce à toi, il aime la réalité, Joséphine. »

Chapitre 103

Je déjeune au Train Bleu avec Andréa. Je lui annonce que je quitte les éditions de La Férinière pour retourner Au diable vauvert. « Je vais vous broyer si vous faites un truc pareil », m'annonce-t-elle. « Je suis déjà broyé, Andréa », je réplique, « totalement broyé. Personne ne peut plus rien pour moi. »

Je la laisse payer l'addition et je descends les escaliers du Train Bleu pour prendre un TGV afin de rejoindre Clara. Lorsque j'arrive à Nîmes, je chope un taxi pour le Royal Hôtel. Clara m'attend dans La Bodeguita, au fond de la salle. Elle porte une veste en jean, un pantalon de cuir noir, des santiags et un chapeau de fermier. Elle boit une sangria. Je commande une menthe à l'eau. Elle me dit :

« Alors, comment va notre petit plagiaire ?

— Pourquoi petit ?

— Vingt pages. On s'en branle. C'est à peine le sujet du livre.

— Et c'est quoi le sujet du livre ?

— Comment tes mensonges ont pu faire souffrir Hyppolyte. À quel point ce doit être terrible pour un gosse de dix ans de surprendre son père en train de sniffer un rail de coke. Tu veux que je continue ?

— Vas-y. Fais-toi plaisir.

— J'aurais aimé savoir pourquoi ton père qui a été lâché par ses parents vous couve à ce point-là et pourquoi vous couchez avec vos profs de français de père en fils. J'aurais aimé savoir à quel point tes mensonges ont pu détruire Joséphine. J'aurais aimé que tu évoques Marion et la façon dont elle a réussi à élever divinement son gosse malgré un père inexistant dans le meilleur des cas. Tu en veux plus ?

— Non. Je crois qu'on va s'arrêter là pour aujourd'hui.

— J'ai pensé à un titre : *Confession d'un salaud.* Qu'en dis-tu ?

— J'en dis qu'on va garder *Dos au mur* pour l'instant.

— D'accord. Il n'empêche, je dois t'avouer une chose malgré tout. En lisant ton livre, j'ai réalisé que Joséphine t'avait pris la main pour t'amener vers un début de vérité. C'est déjà pas si mal pour un type comme toi, Nicolas.

— Tu as raison, on va dire que c'est déjà pas si mal pour un type comme moi. »

Imprimé en France par CPI
en mars 2018

Composition :
L'atelier des glyphes

Dépôt légal : avril 2018
N° d'impression : 2036028